KB183479

친애하는
나의
글쓰기

친애하는 나의 글쓰기
읽히는 이야기와 쓰는 삶에 대하여

2025년 1월 6일 초판 1쇄 펴냄
2025년 2월 14일 초판 2쇄 펴냄

지은이 이영관 곽아람 김민정 윤상진
단행본사업본부장 강상훈
편집위원 최연희
편집 엄귀영 윤다혜 이희원 조자양
경영지원본부 나연희 주광근 오민정 정민희 김수아 김승현
마케팅본부 윤영채 정하연 안은지 박찬수 강수림
디자인 이수경(표지) 석윤이(본문)

펴낸이 윤철호
펴낸곳 (주)사회평론
등록번호 10-876호(1993년 10월 6일)
전화 02-326-1182
주소 서울시 마포구 월드컵북로6길 56 사평빌딩
이메일 editor@sapyoung.com

ISBN 979-11-6273-337-0 (03800)

친애하는
나의
글쓰기

읽히는
이야기와

쓰는
삶에
대하여

이영관
곽아람
김민정
윤상진

사회평론

차례

2
들려주고 싶은 '결심'

3

꾸준한 '의지'

4

버틸 수 있다는 '믿음'

지금 책을 펼친 당신은 두 가지 상반된 풍경에 발을 들이게 됐다.

하나는 무력감.
영상매체·소셜미디어 같은 경쟁자의 위세가 높아지면서 독서 인구가 줄고 있다. 미래에도 상황은 달라지지 않을 거라는 전망이 우세하다. 원천 콘텐츠로서 책의 가치는 사라지지 않겠으나, 책만 써서 먹고살 수 있는 시대는 지나간 셈이다.

동시에 의외의 기회가 열리고 있다. 등단·투고 같은 전통적인 책 출간 과정을 거치지 않은 작가들이 여럿이다. 온라인 공간에 글을 자유롭게 연재하고, 뉴스레터를 통해 자신만의 독자를 만드는 방식. 서점 매대에 다양한 삶을 자신만의 방식으로 기록한 책이 오르고 있다.

이 책은 이런 풍경이 줄다리기하는 과정에서 나왔다. 《조선일보》 문화부 기자들이 2023년 3월부터 8월까지 신문에 연재한 '파워라이터' 시리즈를 바탕으로 한다. 책을 낼 때마다 작품의 질과 판매 부수가 두루 보장되는 작가들의 글쓰기 비법을 소개하는 것이 기획 의도였지만, '셀링 파워'보다는 '다양성'을 보여주는 게 관건이었다. 정신분석 전문의 김혜남, 수학자 김민형 등 각자의 분야에서 이름을 알린 저자, 소설가 김동식, 소설가이자 에세이스트인 이슬아처럼 등단을 거치지 않고 나름의 방식으로 책을 낸 작가들을 소개한 이유다.

작가들을 만나면 하나같이 말한다. 글을 쓰는 것은 곧 자기 삶이라고. 이해받지 못하는 삶을 타인에게 이해받기 위해, 재미를 위해, 혹은 그저 살아가기 위해…… 작가들에겐 돈의 논리와 별개로, 펜을 놓지 못하는 나름의 이유가 있다. 이런 절실함이 계속 글을 쓰게 하고, 결국 책을 내게 만드는 원동력이 되는 것이다.

신문 지면에는 작가들의 삶의 이면과 치열함을 분량상 모두 담을 수 없어서 책으로 펴내게 됐다. 독자들이 이 책에서 신문 기사보다 진한 작가들의 땀을 느낀다면 책을 기획한 의도를 달성한 것이리라. 더 많은 작가의 이야기를 소개하고 싶어 '파워라이터' 시리즈에 소개한 14명 외에 별도로 만난 작가 4명의 이야기를 추가해 모두 18명의 대화를 담았다.

저자의 손을 떠나 세상에 나온 책은 독자의 몫이지만, 한 가지 우려는 남는다. 이 책이 자칫 소수의 성공담으로 읽히지는 않을까 하는 것이다. 누구나 자신만의 이야기를 갖고 각자의 자리에서 치열하게 살아가지만, 문득 '나는 어디쯤 와 있는가' 궁금할 때가 있다. 그런 순간에는 타인의 이야기가 도움이 된다. 어디에서 멈춰야 하는지, 길을 바꿔도 괜찮은지 참고할 수 있다. 부디 이 책이 작가 지망생이나 작가를 위한 '글쓰기 지침서'일 뿐 아니라 일반 독자에게도 하루를 버티고 내일을 그릴 수 있는 책으로 읽혔으면 한다.

책이 나오기까지 많은 분의 도움이 있었다. 인터뷰에 선뜻 응해주신 작가들께 가장 먼저 머리 숙여 감사드린다. 이분들이 저마다의 삶에서 진실한 조각을 떼어내 보여주지 않았더라면, 이 책은 태어날 수 없었을 것이다. 부족한 원고를 꼼꼼히 살펴 책으로 엮어준 출판사 사회평론에도 감사 인사를 전한다. 그리고 '파워라이터' 연재의 시작과 끝까지 애정 어린 조언과 지지, 격려를 아끼지 않은 이한수 부장을 비롯한 조선일보 문화부 동료들, 선우정 편집국장께 존경과 감사를 함께 표한다.

2024년 겨울

이영관, 곽아람, 김민정, 윤상진

1

다가가고 싶은 '진심'

1

거대한 역사 속 개인의 이야기 김금숙

2

수학의 세계로의 초대 김민형

3

누구나 한때는 어린이였으니까 김소영

4

다른 세계를 이해하고 싶은 마음 김초엽

1

거대한 역사 속 개인의 작은 이야기

김금숙

어떤 일은 파도처럼 밀려온다. 물에 서서히 잠길 때는 알지 못하다가 홀딱 젖고 나서야 깨닫게 된다. 파도에 젖은 삶은 이전과 같을 수 없다. 만화가 김금숙에겐 프랑스 유학이 출렁이는 파도였다.

2023년 12월, 서울 강서구 공항시장 인근에서 작가를 만났다. 그가 유년 시절을 보낸 동네. 오랜 시간이 지나 과거의 흔적은 사라졌지만 여전히 자주 찾는 곳. 익숙하면서도 낯선 공간인 셈이다.

김금숙은 그래픽 노블로 해외 평단과 독자의 관심을 한몸에 받는 만화가다. 그래픽 노블 『풀』로 '만화계 오스카상'이라 불리는 미국 하비상 국제도서 부문(2020)을 받았다. 한국인으로선 처음이었다. 프랑스, 체코 등 해외 유수의 상을 휩쓴 『풀』은 그의 이름을 각인시키며 35개 언어로 출간됐다. 여기에 그치지 않고 2022년 그래픽 노블 『기다림』이 하비상 국제도서 부문 후보에, 2023년 그래픽 노블 『나목』이 전미 도서 비평가 협회가 수여하는 바리오스 번역서상 후보에 올랐다.

김금숙은 1971년 전남 고흥에서 8남매 중 일곱째로 태어났다. 넉넉하진 않았지만 부족하지도 않은 집안이었다. 고흥에서의 시간은 초등학교 입학 전까지였다. 서울에 가야 일거리가 많다는 주변의 권유에 그의 부모는 서울로 올라왔다. 첫 집은 서초동, 얼마 지나지 않아 강서구 공항 근처 셋방으로 옮겼다. 부모는 공항시장에서 장사를 시작했다.

어릴 적부터 그림에 재능을 보인 김금숙은 세종대 회화과에 입학했다. 1994년 졸업을 앞둔 어느 날, 그는 돌연 프랑스 유학을 선언했다. 물론 유학을 떠날 수 있는 형편이 아니었음을 잘 알고 있었다.

“아버지께서 힘들게 장사하셨어요. 돈 아낀다고 점심도 안 드셨죠. 자식 공부시키겠다고 담배만 물고 계셨던 아버지가 지금도 선명해요."

아버지 설득은 어머니 몫이었다. 딸이 원하는 공부를 끝까지 시키겠다며 사흘을 단식했다. 그렇게 김금숙은 프랑스로 떠나 스트라스부르 고등장식미술학교에 입학했다. 점심을 거른 채 시장에서 일하는 부모가 떠올라 생활비를 벌어가며 악착같이 공부했다. 옷도 팔고, 베이비시터도 마다하지 않았다.

프랑스에서 일하고 공부하며 겪은 '이방인'의 경험은 작가 김금숙의 밑그림이 되었다.

"프랑스에서 살지 않았다면 제 뿌리에 관심을 가질 수 있었을까요? 해외에서 디아스포라로 살아보니 '나는 누구인가'라는 정체성에 관한 질문이 생겨나더군요."

돌아보니 그의 삶엔 이미 디아스포라의 파도가 지나가 있었다. 1925년에 태어나 70대에 생을 마감한 아버지는 일제 강점기의 질곡을 온몸으로 겪었다. 1933년생인 어머니는 이산가족이었다. 어머니는 전쟁 중 피난 열차를 타지 못해 평양에 남은 언니를 꼭 만나고 싶어 했다. 이산가족의 아픔은 훗날 그래픽 노블 『기다림』으로 치유된다.

"아버지가 살아 계셨다면 거의 100세일 거예요. 우리 부모 세대는 한국의 현대사를 고스란히 겪은 분들이죠. 해외에서 공부하고 그림을 그리며 그들의 질곡이 제 몸속에 새겨져 있음을 알게 됐어요."

김금숙의 인생을 휩쓸고 지나간 물결은 '어머니'다. 여리면서도 생활력 강한 분. 어머니는 김금숙의 작품에 깊게 뿌리를 내렸다. 일제 강점기, 6·25 전쟁(한국전쟁), 산업화…… 8남매를 위해 평생 헌신한 어머니 때문일까. 김금숙은 여성의 시각으로 쓰고 그렸다. 위안부의 아픔을 그린 그래픽 노블 『풀』도 그중 하나다.

"『풀』의 주인공 이옥선은 제 어머니와 같은 시대를 산 분이세요. 이후에 발표한 『기다림』도 여성의 삶을 통해 역사의 아픔을 그린 작품이죠. 『풀』이 1부라면 『기다림』은 2부인 셈이죠."

김금숙에게 '여성의 시각'이란 남성의 시각과 이분법적

으로 구분되는 기계적인 관점에 그치지 않는다. 소설가 박완서(1931~2011)의 데뷔작 『나목裸木』을 재해석한 그래픽 노블 『나목』도 시작은 화가 박수근(1914~1965)을 향한 관심에서였다. 알다시피 소설은 1950년대 전쟁으로 황폐한 수도 서울을 배경으로 미군 부대에서 초상화를 그렸던 박수근을 소재 삼았다.

"박수근에 관한 만화를 기획하다가 이런저런 이유로 멈췄는데, 과거의 상처를 딛고 희망의 윤곽을 그리는 젊은 세대의 고뇌를 다룬 박완서 선생의 소설을 읽고 고민이 풀렸어요. 궁핍한 시기를 고독하게 건넌 예술가의 초상, 황폐한 역사 속에서도 인간의 실존을 포기하지 않는 모습에서 애잔한 감동을 느꼈어요."

이처럼 김금숙의 만화는 '뿌리'에 대한 진지한 고민에서 피어났다. 아이러니하게도 시작은 우연이었다. 조각가가 꿈이었던 작가는 경제적 형편이 어려워 조각에 매진할 수 없었다. 우울한 시기를 보내며 붓펜으로 그림일기에 가까운 만화를 그려서 프랑스 출판사에 보냈는데 뜻밖의 제안이 들어왔다. 한국 만화를 번역해달라는 것이었다.

우연인 듯 필연인 듯 시작한 번역은 어느덧 100여 편의 한국 만화를 프랑스어로 옮기는 데에 이르렀다. 조각가라는 꿈과 궁핍한 현실을 오간 작가는 2010년 귀국했다. 유학길에 오른 지 16년 만이었다. 그리고 2012년 프랑스에서 『아버지의 노래』를 출간했다. 작가의 첫 만화였다.

"만화를 번역하다 보니 만화가 좋아졌어요. 만화는 돈이 필요 없잖아요. 연필과 종이만 있으면 되죠. 만화를 배운 적은 없지만 제 안의 이야기를 쓰고 그려나갔죠."

작가의 내면에 고인 이야기가 통한 걸까. 최근 몇 년 사이 김금숙의 작품에 대한 해외 반응이 뜨겁다. 『아버지의 노래』는 프랑스어로 출간됐지만, 이후 작품은 한국어로 출간된 뒤 해외 출판사의 러브콜을 받아 번역 출간됐다. 정작 한국에서의 반응은 신통치 않다. 새 책이 나와도 국내와 해외 반응이 확연히 다르다. 그러나 위안부, 이산가족, 6·25 전쟁 등 한국 근현대사를 다룬 작품을 읽고 눈물 흘리는 해외 독자들을 만날 때마다 작가는 큰 힘을 얻는다.

"해외 행사에서 눈물을 흘리며 사인을 요청하는 젊은 독자들을 만납니다. 책을 읽고 '내 이야기'라고 말하는 그들을 볼 때마다 놀라움과 감동을 금치 못해요."

한국적 소재, 여성과 이방인의 이야기, 국경을 관통하는 아픔과 고독…… 한국의 뿌리에 바탕을 둔 이야기가 해외에서 주목받는 기이한 현상에 대해 작가는 개인의 삶을 통해 보편적 이야기를 건네는 진심이 통한 게 아닐까 조심스레 추측한다.

김금숙은 '이방인'을 자처하며 강화도에서 살고 있다. 세간의 관심과 떨어져 지내겠다는 결연한 의지가 느껴지는 그에게 웹툰을 향한 높은 관심에 비해 상대적으로 빈약한 출판 만화에 대한 불편한 질문을 던졌다.

"저는 글과 그림을 모두 담는 그래픽 노블이 잘 맞아요. 흥미를 염두에 둔 웹툰보다 천천히 이야기를 풀어나가는 그래픽 노블의 가치를 언젠가 독자들도 알게 되지 않을까요?"

내친김에 얼마 전 출간한 그래픽 노블 『내일은 또 다른 날』로 이야기를 이어갔다. 신작의 소재는 난임이다. 김금숙의 모든 작품이 그렇듯이 단순한 '난임 만화'가 아님은 물론이다. 여성의 상처와 아픔과 차별을 드러내는 이야기를 넘어 행복을 찾아 삶을 개척하는 인간을 바라봐달라는 당부를 잊지 않는다.

"인생은 기쁨으로만 채워지지 않죠. 건강이든 가족이든 우리가 선택하는 길의 옳고 그름을 고민하자는 이야기를 그렸습니다."

강화도의 자연과 두 마리 반려견을 벗 삼아 살아가는 그에게 만화는 삶 자체다. 파리와 서울에서는 아침부터 자정까지 그림을 그렸지만, 지금은 계절을 느끼며 그린다. 여름까지 느슨하게 지내다가 가을부터 작업에 시동을 건 뒤 겨울에는 오로지 작업에 집중한다. 오전에 그림, 점심 먹고 개들과 한 시간 반 산책, 오후부터 밤까지 작업. 봄이 오면 마당에 나가 햇볕을 쬐는 일상을 포기할 수 없어서 겨울에 고삐를 당긴다.

마흔 살 무렵, 그는 "어떤 유혹이나 강압에 휩쓸리지 않고 내 의지로 선택한 '하고 싶은' 작품을 그리겠다"고 스스로에게 약속했다. 뒤늦게 만화가로 살다 보니 생계를 위해 해야 했던 수많은 일이 행복하지 않았다는 사실을 깨달은 까닭이다.

“마흔 이후에도 제가 원하는 작품만 한 건 아니었어요. 그래도 대체로 제가 결심했던 길을 걸어왔다고 자부해요. 가끔 길을 잃을 때마다 생각합니다. 무엇을 해야 하나, 무엇을 말해야 하나. 그것은 왜 태어났는지, 왜 사는지에 관한 실존적 질문이기도 합니다.”

'다른' 생명의 언어에 귀 기울여라

매일 하루에 두 번, 합쳐서 한 시간 반가량 개들과 산책한다. 귀, 꼬리, 코의 움직임…… 그들은 나와 다른 언어로 의사를 표현한다. 그 언어를 관찰하고 읽으며 그들을 이해한다. 시골에 살면서 무형의 존재에 더욱 예민해진 나를 발견한다. 꽃이 피고 지는 일을 비롯해 나를 둘러싼 모든 것이 미세하게 움직이며 변하는 놀라운 시간을 몸으로 경험한다. 살아 있음은 얼마나 위대한가. 소리, 바람, 냄새…… 나를 둘러싼 모든 생명에서 영감을 받는다. 그 안에서 나는 겸허해진다.

이 책은 꼭 읽어보길

알베르 카뮈의 『이방인』을 고등학교 때 처음 읽고 여러 번 거듭해 읽었다. 읽을 때마다 새로운 의미를 발견하면서 매번 감동한다. 카뮈의 글은 반전에 반전을 거듭한다. 새로운 작업을 시작하며 '길을 잃었다'는 생각이 들 때마다 스스로에게 다시 읽기를 추천하는 책이다.

캐나다 작가 줄리 두세의 만화도 권한다. 프랑스에서 그의 만화책을 처음 접하고 얼마나 놀랐는지…… 내가 받은 교육으로는 도저히 그릴 수 없는 그림이었다. 같은 여성 이야기를 그리는데 그의 용기와 솔직함에 반할 수밖에 없었다.

2

수학의 세계로의 초대

인터뷰어: 김민정

김민형

그의 화두는 '이해'다. 세상을 이해하고 싶어 수학자가 됐고, 그 이해를 사람들과 나누고 싶어 책을 썼다. 세계적 수학자로 꼽히는 김민형 영국 에든버러대학교 수리과학 석좌교수이자 에든버러 국제 수학연구소장 이야기다.

김민형 교수와의 대화는 꼭 수학 문제를 푸는 것 같았다. 영국 시각 오전 11시, 그는 트레이드마크인 곱슬곱슬한 머리에 다소 혈색 없는 얼굴로 화상 통화에 등장했다. 그의 책 『수학이 필요한 순간』을 읽을 때처럼 여러 번, 여러 각도로 물어야 제대로 곱씹은 답변이 나왔다. 그는 "수학에 관한 관심은 늘 반갑다"며 즐겁게 고민하며 답했다.

서울대학교 개교 이래 첫 조기 졸업생(수학과)으로 예일대학교에서 박사학위를 받은 그는 '페르마의 마지막 정리'에서 유래된 산술대수 기하학의 고전적인 난제를 위상수학의 혁신적인 방법으로 해결해 세계적으로 이름을 알렸다. 미국 퍼듀대학교 교수, 영국 워릭대학교 석좌교수 등을 지냈고, 2011년엔 한국인 최초로 영국 옥스퍼드대학교 수학과 정교수로 임용됐다.

상아탑에만 머물지 않았다. 그는 '수학의 세계'로 대중을 초대하는 수학자로도 유명하다. 『소수 공상』, 『역사를 품은 수학, 수학을 품은 역사』, 『아빠의 수학여행』 등 2013년부터 지금까지 낸 대중서만 아홉 권. 1년에 한 권씩 낸 셈이다. 그중 여러 권이 베스트셀러에 올랐다. 문답을 통해 수학의 역사부터 수학으로 우주의 모양을 계산하는 이야기까지 차근차근 소개하는 『수학이 필요한 순간』은 2018년 출간 이후 10만 부 넘게 팔리며 수학 서적으로는 이례적인 성공을 거뒀다. 방학에는 한국을 방문해 대중 강연도 병행하고 있다. 수학에 관심을 가진 이들이 질문하고 해답을 얻어간다.

연구 시간을 쪼개가며 이런 일에 나서는 이유는 뭘까. 김민형은 "사람들이 몰랐던 걸 이해하는 순간이 재미있어서"라고 답한다. 그는 사람들과 이야기하는 것을 즐기는 수학자다. 수학에 대한 소통이 재미있고, 그중에서도 수학 선생님들과 이야기할 때 굉장히 재미있다고 말한다. 한국에는 수학 실력이 뛰어난 사람도, 수학에 대해 알고자 하는 사람도 많다며, 그런 재미의 연장선에서 책을 쓴다고 했다.

그는 '수포자', 즉 수학을 포기한 사람이라는 말이 있을 정도로 수학이 입시에서 큰 '관문'이 되어버린 한국 사회를 주제로 이야기를 이어갔다.

"웬만한 사회에 비해서 우리나라는 특히 수학을 중시하는 것 같아요. 학창 시절 수학 때문에 너무 고생해서 나쁜 기억이 남아 있는 사람들이 많죠. 그런데 제 책을 읽거나 강의를 들으면서 '사실은 내가 수학을 꽤 많이 알고 있었구나', '수학을 모르는 게 아니었구나' 느끼는 순간이 있다고 해요. 도움이 된다고 하니 상당히 보람 있어요."

그의 책이 특별한 점은 수학 이야기뿐 아니라 세계 각국의 시인과 예술가와 철학에 관한 풍성한 이야기가 등장한다는 점이다. 그는 아버지인 인문학자 김우창 고려대학교 명예교수의 영향을 받아 유년 시절부터 문학, 예술, 철학과 가깝게 지냈다. 그가 처음 대학에서 선택한 전공도 철학이었다. 하지만 철학과를 다니다 그만두고 다시 대학에 입학해 수학을 선택했다. 애초에 철학과를 택했던 것도 세상을 이해하고 싶어서였다. 하지만 무엇이든 정확하게 알고 싶어 하는 성격상 정량적인 지식, 즉 수학이나 자연과학 지식 없이는 세상을 이해하기가 어려울 것 같아 수학을 공부하게 되었다.

결국 이런 배경이 그를 '책 쓰는 수학자'로 인도했다. 어릴 때부터 글쓰기에 관심이 많아 10대 때 재미 삼아 "엉터리" 시와 소설을 많이 썼다고 한다. 대중서와 칼럼 같은 인문적인 글쓰기를 해나갈 씨앗이 그때부터 뿌려진 셈이다.

그렇다면 수학자는 언제 책을 쓸까. "아침, 점심, 저녁 먹는 시간은 있어도 연구하는 시간, 책 쓰는 시간, 쉬는 시간은 따로 구분하지 않는"다. 출퇴근 개념 없이, 오전 6시 30분쯤 일어나 자정 무렵 잘 때까지 늘 연구의 연장선에 있다고.

"생각하고 글을 쓰는 시간을 가지려고 노력하지만, 체계적으로 흘러가지 않고 마구잡이로 합니다. (웃음) 시간이 나면 수학 생각을 하다가 딴생각도 하다가 이메일이 날아오면 빨리 답변도 하죠. 이런 패턴이 일어나서 잘 때까지 계속됩니다."

수학 연구와 대중적인 글쓰기 가운데 어느 게 더 어렵냐는 질문에 그는 "새로운 수학을 창출하는 게 어려운 건 사실이지만 연구와 대중을 대상으로 하는 일이 딱 나뉘지는 않는 것 같다"고 말한다. 두 영역이 서로 아이디어를 주기도 한다. 예를 들면 강연하러 가서 이야기를 나누다가 얻은 아이디어를 연구로 연결하는 식이다. "논문이든 대중서든, 말하자면 모든 게 세상을 이해하는 과정이고 내가 이해한 바를 설명하는 과정"이라며 "그렇기에 근본적으로 비슷한 활동이라는 느낌이 든다"고 정리한다.

여러 업무를 병행하다 보니 마감에 쫓기며 글을 쓰는 경우도 종종 있다. 어려운 수학 문제를 풀어내는 그도 글이 풀리지 않을 때가 찾아온다. 마감이 다가오는데 글이 선뜻 안 써질 땐 우선 아무렇게나 쓰고, 고치고, 다듬는다.

"문장도 신경 쓰지 않고 앞뒤가 맞는지도 생각하지 않고 머리에 떠오른 걸 막 씁니다. 그리고 여러 번 다듬죠. 이후 페이스북에 올려 친구들에게 비판해달라고 요청하는 게 도움이 되더군요."

김민형은 왜 일반인이 수학에 관심을 갖는 데 목소리를 내게 됐을까. 우리가 의식하지 못해도 현대 생활에서 수학이 쓰이지 않는 곳이 드문 까닭이고, 그만큼 수학의 역할이 크기 때문이다.

"인공지능(AI), 경제 지표, 지금 쓰고 있는 화상 통화 등 오늘날 모든 발전이 고등수학 없이는 불가능해요. 수학을 모르면 막연한 두려움이 커지는 시대죠. 하지만 이해하고 나면 생각보다 변화가 무섭지 않아요. 수학을 알아야 하는 이유죠. 제 두 아들이 어렸을 때도 이런 이야기를 하곤 했죠."

그는 '그냥 그런가 보다' 넘어가며 수학을 외면할 수도 있지만, 수학적인 이해를 하는 사람과 그렇지 않은 사람 사이에 점점 차이가 커질 거라고 지적했다. 세상의 현상을 이해할수록 행동의 폭도 넓어지기 때문에 수학을 아는 것이 중요하다는 것이다.

“신문에 나온 극적인 통계도 정확히 파악하고 나면 두려운 것이 아닐 때가 많아요. 제대로 이해하면 무섭지 않은 상황이 많은 거죠.”

코로나 사태도 수학의 역할이 드러난 대표적 사례였다. 그는 코로나 극복에 수학의 역할이 상당히 컸다며, 우리가 의식하지 못하더라도 감염 확산 예측을 위한 수학적 모델링과 통계 분석, 백신과 치료제 개발에 수학의 역할이 있었다고 말했다.

수학을 전공하지 않은 사람들은 어느 수준까지 수학을 이해해야 할까. 수학에 관한 대중서를 집필할 때 김민형의 원칙은 독자를 과소평가하지 않는 것이다. 독자에게 적당히 이해한다는 느낌만 안겨주는 가벼운 책은 지양한다.

“누구든 단번에 이해하는 건 불가능해요. 한 번 읽고, 다시 돌아와서 보고, 나중에 또 보고, 그러면서 이해가 이뤄집니다. 대중을 위한 책도 그런 자연스러운 배움의 과정을 반영해야 한다고 봐요."

그는 오만하게 들리지 않을까 걱정하면서도 마음에 드는 대중 과학서나 수학서가 별로 없다고 토로했다. 술술 읽히게, 적당히 이해하는 정도로만 쓰다 보니 부정확한 부분이 많다고 아쉬워했다. 타협점을 찾는 게 어렵지만, 독자가 단번에 이해하기보다 여러 번 읽으면서 진정한 이해에 도달하도록 쓰는 게 자신의 원칙이라고 밝혔다.

그의 대표작 『수학이 필요한 순간』 역시 빠르게 넘어가지 않는다. 하지만 지적 호기심과 이해하고 싶다는 도전 의식을 불러일으킨다. 실제로 많은 독자가 이 책에 도전했다. 그는 "수학을 향한 관심으로 책을 사서 읽는다는 건 고맙고, 그저 놀랍고, 감동적"이라며 수학책이 이 정도 관심을 받은 건 그만큼 우리나라 독자 수준이 높기 때문이라고 말했다. 덧붙여 "마음에 드는 통계나 정보일수록 틀린 것이 없는지 추궁해보라"는 강조의 말도 잊지 않았다.

"굉장히 흔한 유혹 중 하나가 자기 마음에 드는 통계는 금방 받아들이고 마음에 안 드는 통계는 비판적으로 보는 겁니다. 하지만 통계의 질도 여러 가지라 부정확할 수 있어요. 찾아보면 반대의 통계도 많고요. 그러나 대부분 자기 마음과 잘 맞는 것은 스스로 추궁하지 않죠. 그건 '고장 난 기계'가 되는 길입니다."

세상에 극적인 데이터는 그리 많지 않다는 사실을 유념하면 숫자로 인한 불안함에 휘둘리지 않을 거라고, 그는 강조한다.

김민형의 책 서문에는 늘 겸손이 배어 있다. 수학자로서 자신의 부족한 글쓰기에 대한 사과다. 그래도 "수학이라는 학문을 인간의 오랜 문화로서 설명하려는 시도가 사람들이 수학에 가까워지는 데 도움이 된다"는 믿음을 저버리지 않는다.

'수학이 아름답다'고 표현하는 수학자들 사이에서 그는 어떤 생각을 하고 있을까.

"저는 아름다움을 추구하기보다 이해를 추구해요. 이해될 때 즐거움이 있어요."

마지막으로 수학을 좋아하는지 재차 물었다. "인생의 일부이기 때문에 좋아한다, 좋아하지 않는다, 라고 답하기 어려운 것 같다"며 말을 이었다.

"좋아한다는 표현이 적절한지 모르겠네요. 약간 재미있게 비교하자면 우리나라는 부모 자식 관계에서도 '사랑한다'는 말을 잘 안 하잖아요. 인생의 일부가 되는 건 훨씬 복잡한 감정이죠. 어떤 의미에서는 좋기도 하고 싫기도 하고, 굉장히 복잡한 상호작용이라 좋아한다는 직접적 표현이 되레 부정확한 것 같아요. 수학하고 저의 관계도 그렇습니다."

인터뷰로 만났지만 그가 훌륭한 '선생님'이라는 생각이 들었다. 흥미로운 답변을 듣다 보니 한 시간 반이 훌쩍 지나갔다. 인터뷰가 끝날 무렵에는 문과생 출신 기자도 고등수학을 이해할 수 있을 것만 같았다. "기사 작성을 위해 교수님의 업적을 쉽게 설명해줄 수 있나요"라고 물었다. 화면 너머 그는 천진하게 웃으며 말했다.

"설명할 수는 있는데, 칠판이 필요해요."

다른 분야 수업을 청강하고 소통하기

특별한 취미 생활은 없지만, 시간이 나면 대학의 다른 분야 강연이나 연구 세미나에 참석한다. 역사, 음악 등 분야는 다양하다. 수업이 끝난 뒤 의견을 나누며 소통한다. 추상적인 '아름다움'보다는 '이해'를 추구한다. 다양한 방식으로 세상을 이해하려고 노력한다. 가장 좋아하는 작가는 체호프와 보르헤스. 카페라테와 산책도 즐긴다.

'인류를 위한 수학' 프로젝트

'인류를 위한 수학Math for Humanity' 프로젝트를 시작했다. 팬데믹, 기후 변화, 에너지 등 인류의 복지를 증진하고 세상을 나은 곳으로 만드는 데 수학을 적용하는 연구자를 지원하고 이들의 네트워크를 만들고 있다. 2006년 필즈상 수상자 테렌스 타오 UCLA 교수 등 세계 유수의 수학자들이 참여하고 있다. 인류를 위해 수학으로 노력할 수 있다는 점을 우리나라 젊은 학자들에게도 널리 알리고 싶다.

3

누구나 한때는 어린이였으니까

인터뷰어 : 금정연

김소영

정중하고 깍듯한 '태도'의 승리다. 김소영의 산문집 『어린이라는 세계』는 지난 2020년 11월 출간돼 현재까지 20만 부 이상 팔렸다. 불황이 거듭되는 국내 출판시장에서 놀라운 쾌거다. 저자 김소영은 유명인이 아닌 어린이 독서교실 선생님. 제목에 '어린이'를 내세웠지만 육아서도 아니다. 독서교실을 운영하면서 만난 어린이들에 대한 일화를 바탕으로 어린이가 미성숙한 존재가 아니며 어른과 마찬가지로 한 '개인'으로서 존중받아야 한다고 말한다. 이를테면 「사랑」이라는 글에 그는 이렇게 썼다.

나는 어린이를 '사랑으로' 가르치지 않으려고 노력한다.*

어린이를 가르친 대가로 수업료를 받기 때문에 어디까지나 어린이를 '고객'으로 대한다는 것이다.

어린이는 이성으로 가르친다! 이것이 나 자신의 사훈社訓이다. 어린이 한 명 한 명을 존중하고 그들의 지적 정서적 성장을 돕고, 좋을 때 좋게 헤어지는 것.**

하루가 멀다 하고 벌어지는 아동학대 사건, 노키즈존을 둘러싼 논란…… 이러한 현실에서 정중하게 어린이를 대하는 태도를 신선하게 여긴 30~40대 여성 독자들이 열렬히 반응했다.

"지금까지 내가 아이를 별로 좋아하지 않는다고 생각했는데, 단순히 어떻게 대해야 할지 몰랐던 것 아닌가 하는 생각이 든다."

* 김소영, 『어린이라는 세계』(사계절, 2020), 149쪽.

** 같은 책, 151쪽.

한 독자가 온라인 서점에 남긴 리뷰다.

2023년 6월 5일 서울 광화문에서 김소영을 만났다. 그는 "누구나 고객 또는 같이 일하는 파트너에게 지켜야 할 거리가 있다. 그 '거리'가 어린이와 나의 관계를 유지하는 데 중요한 역할을 한다"고 말했다.

"어린이와 아무리 친해져도 스킨십을 하지 않으려 노력한다. 물리적·심리적 거리를 유지해야 서로 상처가 되지 않기 때문이다. 낯선 어린이에게는 반드시 존댓말을 쓴다. 그래야 존중하는 마음을 잊지 않을 수 있다."

그가 책에서 밝힌 어린이와의 '거리'를 유지하는 비결이다.

김소영은 이화여대 국문과를 졸업하고 시공주니어, 창비 등 여러 출판사에서 어린이책 편집자로 10여 년간 일했다. 마침 그 시기가 국내 출판계의 어린이책 호황기였다. 그가 대학을 졸업한 2000년에 국내 창작동화로는 처음 100만 부 판매를 돌파한 황선미 작가의 『마당을 나온 암탉』이 출간되어 시장이 커졌다. 어린이책 관련 현장을 체험하고 관찰하기엔 최적의 환경에 있었던 셈이다. 하지만 2012년 편집자 일을 그만두고, 이듬해 겨울 독서교실을 차렸다.

"내가 출판편집자로서 더 성장할 건지, 다른 일을 찾아야 하는지 판단해야 하는 시기가 왔어요. 일단 일을 그만두면서 몇 가지 생각을 했어요. 편집자로 계속 일한다면 당시 다니던 회사가 환경이 좋으니 그만두는 게 의미가 없다 싶었지요. 그래서 회사를 그만두면서 '더 이상 편집자 일은 하지 않겠다'고 생각했어요."

왜 하필 어린이 독서교실이었을까?

"출판사를 그만두더라도 그 영역에서 제일 자신 있는 것 중 하나는 미래를 위한 연결점으로 가지고 옮기고 싶었어요. 10년 넘게 이어온 커리어를 버리고 새로 시작할 수는 없었으니까요. 어린이책을 계속 좋아했고, 물리적으로 가지고 있는 자산이 책이라는 점을 활용하고 싶었습니다. 어린이책 편집자로 일했지만 자녀가 없어서 사실 어린이를 잘 몰랐어요. 그래서 어린이를 상대로 독서교실을 운영하는 것이 오히려 제 인생에 새로운 '도전'

이 되리라고 생각했어요."

초등학교 2학년 이상의 어린이를 일대일 수업 위주로 가르친다. 물론 그가 독서교실을 열 당시에도 프랜차이즈 형식의 논술 교재나 학원이 있었다. 기존 시장이 이미 있는 상황에서 같은 방식으로는 승부가 나지 않을 테니 다른 방법을 찾아야겠다고 생각하고 일대일 수업을 개설했다. 무엇보다 어린이 '개인'을 알고 싶다는 생각이 컸다.

그는 독서는 개인적인 활동이라 개인 수업 위주로 하되, 같이하면 좋겠다 싶은 어린이들이 있으면 짝을 짓기도 한다면서, 필요할 땐 같은 학년 어린이들로 구성된 반을 짜면서 개인 수업과 병행한다고 했다.

수업의 목표는 어린이가 자라서 평생 독자가 되게 하는 것이다. 읽기를 두려워하거나 어려워하지 않는 어른이 되도록 '읽는 근육'을 길러주려고 한다. 문학뿐 아니라 역사 등 지식을 전달하는 책도 함께 읽는다.

"수업을 하다 보면 동화책을 주로 읽지만 제가 지식 관련 책을 좋아해서 그런 책을 많이 읽도록 의식적으로 신경 쓰고 있어요. 사실 일생에서 지식 관련 책을 가장 많이 읽을 시절이 어린이 때거든요. '읽는 근육'은 문학작품만으로 길러지는 게 아니에요. 책에서 필요한 정보를 추출하거나 찾을 수도 있어야 하지요. 그런데 어린이들이 그런 훈련을 받을 기회가 좀처럼 없어요."

10년간 독서교실을 운영하면서 고민도 많았다. 그간 미디어 환경이 급속히 변했기 때문이다. 스마트폰이 보편화되고 유튜브 등이 활성화되면서 어린이들의 읽기 능력이나 학습 능력에 영향을 미쳤다. 코로나 상황도 변수였다. 그는 읽기 수업과 마찬가지로 말하기 수업의 필요성을 코로나 이후 절감하고 있다고 말했다. 코로나로 대면 접촉이 없어지고 마스크를 쓴 기간이 길어지면서 그전에 비해 어린이들의 대화가 원활하지 않다고 느낀다. 그래서 서로 이야기 나누는 시간을 많이 가지려고 노력하고 있다.

저자로서 김소영은 처음부터 주목받았다. 2017년 낸 첫 책 『어린이책 읽는 법』은 9,000부, 2019년 낸 『말하기 독서법』은 1만 2,000부가 팔렸다. 『말하기 독서법』이 가을에 나왔는데 반응이 좋아 이듬해 봄까지 강연 일정이 꽉 차 있었다. 그런데 코로나가 발발하는 바람에 모두 취소됐고, 책도 덩달아 반응이 시들해졌다. 마음의 갈피를 잡기 힘들었다고 그는 회고했다. 갑갑한 마음에 뭐라도 하자 싶어 쓰기 시작한 책이 『어린이라는 세계』다.

"청탁을 받고 쓴 원고가 아니라 자유롭게 쓰기 시작했어요. 저 혼자 읽으려고 쓰면 쓰다가 말 것 같아서 쓴다고 주변에 소문을 냈죠." (웃음)

『어린이라는 세계』의 인기 비결을 묻자 그는 잠시 생각하더니 "누구에게나 있는 '어린 시절'이라는 공통점을 건드렸기 때문이 아닐까"라고 답했다.

"저처럼 직접 어린이를 키우는 사람이 아니더라도, 어린이를 가까이서 볼 기회가 많지 않더라도, 어린 시절이라는 공통점은 누구에게나 징검다리로 있는 거니까요. 사실 왜 많이 팔린 건지 정확히는 모르겠어요. 저도 출판계에서 일했기 때문에 객관적으로 생각했는데, 확실한 건 2020년대처럼 책을 많이 안 읽는 분위기에서 장르문학도 아닌데 이만큼 팔렸다는 건 독자들 안에서 움직임이 있었던 거라고 생각해요. 읽은 사람들이 자기들끼리 하고 싶었던 이야기가 바로 이 책 내용이었던 듯해요. 요즘 베스트셀러는 독자들이 이야기를 발견하고 선별해서로 나누는 식으로 만들어져요. 읽고 안 읽고는 이미 제 손을 떠난 문제인 거죠."

어린이들의 일상을 '구경'하거나 '전시'하는 방식으로 쓰지 않으려 노력했다. 자신이 만나는 어린이들과의 일화가 일회성 '소비'로 그치지 않도록 애썼다는 것이다.

"단순히 이렇게 귀여운 일이 있었다거나 웃긴 일이 있었다며 특별한 해프닝을 소재로 부풀리지 않으려 조심했어요. 사실 웃기고 재미있는 일도 많지만 보편적인 이야기로 나아갈 수 없는 일이라면 책에서 다루기 적절하지 않을 테니까요. 어린이를 이야기하며 중요하게 생각한 점이에요. 제 책을 어린이들이 종종 읽어요. 제목에 '어린이'가 들어가고, 표지에도 어린이가 있어서 『어린이책 읽는 법』도 어린이들이 읽더라고요. 제 책을 어린이가 읽을 수 있다는 사실을 기억하면서 어린이에게 실례되지 않도록 썼습니다."

어린이를 어른과 대등한 존재로 대하는 '예의'는 그가

책에서도 여러 차례 강조한 덕목이다. 이를테면 「어린이의 품위」라는 글에서 그는 독서교실에서 제공하는 '겉옷 시중 서비스'를 이야기한다. 그는 수업을 들으러 온 어린이가 외투를 벗고 입는 걸 깍듯하게 시중든다. 그 어린이가 언젠가 좋은 곳에 갔을 때 자연스럽게 이런 대접을 받았으면 해서, 그리고 다른 사람한테도 똑같이 대접해주기를 바라서다.

기혼이지만 아이 없는 여성이 '어린이'를 소재로 쓴 책이 베스트셀러가 된 현상을 바라보는 사람들은 두 부류로 나뉜다.

"실제로 아이들은 이러이러한데 아이를 안 키워봐서 좋은 면만 보고 미화한다는 분들이 꽤 있어요. 그런 면도 있을 거예요, 분명히. 어떻게 어린이가 순하고 곱기만 하겠어요. 그렇지만 일종의 '사회적 약자'를 이야기할 때 시끄럽다거나 통제가 안 된다는 부정적인 부분을 꼭 다루어야만 하는 건 아니지 않나요? 저는 그러고 싶지 않았어요. 아이들은 시끄럽다, 통제가 안 된다, 이런 사실을 확대해서 생각하는 분들의 반대편에서 책을 썼어요. 그 덕에 아이가 없는 사람이 어린이의 좋은 점만 봐

줘서 힘이 된다는 분들, 반가워하는 엄마들을 많이 만났어요."

글을 쓸 때는 문장을 길게 쓰지 않으려 노력한다. 대신 부사는 아끼지 않는다.

"글쓰기 책들을 보면 부사를 많이 쓰지 말아야 한다고 하는데 저는 그러지 않아요. 대신 중복되는 표현을 줄이는 편이에요. 문단을 먼저 짜고 글을 쓰는 편이에요. 제가 소설을 쓰는 것도 아니고, 그렇다고 평론을 쓰는 것도 아니지만, 편집자로 일하면서 그렇게 버릇이 들었어요. 전체 글이 어떻게 배치되는가를 생각하고 문단의 내용을 잡아야 글을 시작할 수 있어요. 편집자로서의 훈련이 글쓰기에도 도움이 됩니다. 정작 제가 편집자로 일할 때는 저자의 원고에서 부사를 많이 뺐는데, 막상 제가 글을 쓰니 부사가 없으면 재미가 없더라고요."(웃음)

하루에 낱말 한 가지를 골똘히 생각하며 글감을 얻는다.

"오늘은 '주차장'에 대해 생각해볼까? 하는 식으로 오늘 하루를 설명하는 단어를 고민하면서 생활 속에서 하나를 건지는 편이에요. 어린이와 관련해 글을 정리하고 세분화하다 보니 '오늘의 낱말'과 어린이를 연결하는 식으로 글의 소재를 찾기도 합니다. 원고를 쓸 때 '어린이와 커피', '어린이와 얼음' 같은 식으로 고민하다 보면 평소 생각을 정리하는 데 도움이 되더라고요. 어린이들이 일주일에 한 번씩 제게 자신에게 일어난 일을 들려주는데 그런 대화도 글감을 얻는 데 많은 도움이 됩니다."

'왜 쓰는가?'라는 질문에 김소영은 미소를 지으며 "그러게 말이에요"라고 답했다.

"생각을 안 해본 건 아니에요. 그래서 답도 여러 가지인데 그중 한 가지만 이야기하자면 의무감으로 쓰는 것 같아요. 글을 읽고 쓸 수 있는 상황의 사람이라면 누구나 쓰는 게 의무인 것 같아요. 나보다 도움이 필요한 사람이나, 생각이 필요한 사람이나, 읽고 쓸 만한 상황이 아닌 사람을 위해 쓸 수 있는 사람이 쓰는 것이 의무다."

대답을 마친 그는 명랑한 표정으로 "거창하죠? 한 번 거창하게 말해봤어요. 다른 답으로 바꿀까요?" 하더니 활짝 웃었다.

어른의 바람직한 태도

읽기 훈련이 되어 있지 않은 어린이와는 꼭 함께 읽어야 한다. 어린이가 가장 힘들어하는 게 그림 없이 텍스트로만 된 이야기를 머릿속에서 떠올리는 일이다. 능숙한 독자인 어른들이 어디서 끊어 읽어야 하는지, 내 경험과는 어떻게 연관시켜야 하는지 등을 도와줘야 한다. '읽기 독립'을 빨리 시키려는 어른들이 많은데, 그 일이 어린이들에게는 굉장히 어렵다는 걸 알아줬으면 좋겠다.

하루 15분 책 읽어주기의 힘

『하루 15분 책 읽어주기의 힘』이라는 미국 책을 참고해도 좋겠다. 우리 독서환경과 딱 맞아떨어지지는 않지만 어른이 먼저 읽은 후 어린이가 따라 읽기라든가, 서로에게 읽어주기 등 다양한 방법을 제시한다. 어른들은 보통 자신은 읽는 데 문제없다고 생각하기 때문에 '함께 읽기'를 쉽게 여기지만 구체적으로 접근하는 편이 좋다. 예를 들면 아이가 뱃속에 있을 때부터 열네 살이 될 때까지 매일 15분씩 책을 읽어주는 것이다. 흔히 아이가 초등학교에 들어가면 책 읽어주기를 포기하는데, 아이의 읽기 수준은 열네 살 무렵에나 듣기 수준과 같아진다.

읽기에 서툰 아이를 대하는 어른의 마음가짐

읽기는 자전거 타기와 같다. 어느 날 갑자기 두발자전거를 타게 되는 것이 아니듯이 읽기에도 기초능력이 필요하다. 어린이책의 연령 구분에 구애받지 말고 아이의 수준을 정확히 측정해 읽히는 게 좋다. 긴 책을 여러 번 나눠 읽는 것보다 앉은 자리에서 한 번에 읽을 수 있는 책을 여러 번 읽으면서 아이가 읽는 재미를 알게 해주는 게 좋다.

4 다른 세계를 이해하고 싶은 마음

인터뷰어: 이영롬

김초엽

해외로 떠나는 이유는 무엇일까. 한국에서 벗어나기 위해, 일상과 단절되기 위해, 오로지 혼자만의 시간을 갖기 위해. 이런 '고립'의 경험을 제외하면 해외가 국내와 크게 다르지 않다는 데 많은 이들이 동의할 것이다.

그러나 소설가 김초엽에게 해외는 고립의 공간만은 아니다. 그는 후천적 청각장애가 있어 입 모양을 보지 않으면 소통이 불편하다. 한국에서도 언어를 알아들으려면 보조 앱을 사용해야 하기에 외국이라고 해서 언어 장벽이 크게 느껴지지 않는다.

김초엽은 2023년 한 해의 절반을 해외에 머물렀다. 태국과 스페인 등에서 책을 쓰고 독자들을 만났다. 귀국 일정에 맞춰 만난 그는 일정을 잡지 않고 스스로를 고립시킬 수 있어서 해외에서 글 쓰는 걸 좋아한다며 "다른 세계에 와 있다는 느낌을 받는 걸 즐긴다"고 했다.

김초엽은 2020년대 한국 소설의 변화를 온몸으로 품은 작가다. 2019년 첫 소설집 『우리가 빛의 속도로 갈 수 없다면』으로 혜성처럼 등장해 무려 30만 부 판매를 기록했다. 첫 소설집으로 크게 이름을 알린 데 이어, 2021년 출간한 첫 장편소설 『지구 끝의 온실』도 20만 부 판매됐다.

SF 소설가 정보라가 영국 부커상 최종후보에 오르며 최근 몇 년 사이 분위기가 바뀌고 있지만, 김초엽이 활동을 시작한 2019년 상황은 달랐다. SF 등 장르문학과 이른바 '순문학'의 경계가 확실했고, SF 문학을 순문학보다 하위로 여기는 시각도 있었다. 젊은 세대는 더 이상 소설을 읽지 않는다는 일각의 우려도 있었다. 이를 불식한 것이 바로 그다.

그의 작품은 무언가 만나고 싶지만 만날 수 없는 존재에 대한 상상으로부터 나온다. 어린 김초엽에게 문학은 취미였다. 본업은 과학. 포스텍 화학과를 졸업하고, 동 대학원에서 생화학 석사학위를 받았다. 연구를 업으로 삼기 전 딱 1년만 글을 써보자고 결심했다. 재밌게 읽고 봤던 모든 것이 쓰고 싶다는 마음을 심어주었다. 오래 지나지 않아 단편 「관내분실」로 한국과학문학상 대상(2017)을 받았다.

정작 학교 다닐 때는 과학책을 많이 읽었다. 칼 세이건의 책에 푹 빠졌다. 인간이라는 존재에 관심도 있었지만, 우주에서 봤을 때 달라지는 것이 신기했다. 우주에서 보면 인간, 아니 지구조차 한낱 점에 불과하지 않은가. 과학책을 보며 인간이 알지 못하는 영역이 있고, 감각조차 할 수 없는 세계가 있다는 걸 알았다.

이런 관심과 생각이 김초엽의 SF 소설에 자주 드러난다. 첫 장편소설 『지구 끝의 온실』에서는 식물이 인간을 멸종 위기로 내몰고, 2023년 낸 장편소설 『파견자들』에서는 곰팡이와 비슷한 종족인 '범람체'가 세상을 지배한다. 이처럼 인간과 비인간적 영역이 만나는 지점을 그려내는 그의 작품은 인간 중심 사고를 벗어난다.

"어릴 때부터 인간에게 관심이 없어서 과학에 빠졌어요. 인간 세계는 논쟁만 있을 뿐 해답이 없지 않나요. 그런데 소설가가 된 이상 제 이야기(과학)만으로는 쓸 수 없더군요. 과학도 결국 인간의 삶과 연결돼 있다는 걸 알게 됐습니다."

김초엽은 최신작 『파견자들』에 대해 설명하면서 인간성의 핵심적 특징으로 '우리는 각자 따로 떨어진 개인이다'라는 개체 중심적 사고를 꼽았다. 1인칭 시점으로만 평생을 살아가는 이 특성이 인간의 한계를 만든다며, 소설을 통해 개체 중심적 사고를 벗어나는 경험을 어떻게 독자가 체험할 수 있을까 고민한다고 말했다.

"제 작품을 비롯해 SF는 미래를 불확정적이고 표류하는 것처럼 그리는 경우가 많아요. 그럼에도 거기엔 낙관이 필요합니다. 무조건적 낙관이 아닌, 사회를 좀 더 낫게 만들어가기 위한 것이죠."

다만 『파견자들』이 식물이 지구를 지배한다는 설정의 첫 장편 『지구 끝의 온실』을 떠올리게 하는 것도 사실이다. 그는 데뷔 때는 운이 좋았다고 겸손하게 말한다. 데뷔하고 나서 얼마 지나지 않아 글을 쓸 밑천이 바닥났음을 깨달았다. 작가가 되기로 결심한 무렵부터 장르 소설을 즐겨 읽었지만, 과학 분야를 제외하면 배경지식이 부족했다는 반성에 이르렀다. 김초엽이 '공부하는 작가'가 되겠다고 결심한 이유다.

"책과 다큐 등 다양한 인풋을 경험하려고 노력해요. 물론 아이디어는 늘 고갈이지만요. 작품을 쓸 때마다 불안하지만, 그게 나쁘지만은 않아요."

'불안'을 동력으로 데뷔 후 지금까지 소설집 3권, 중편 1권, 장편 2권 등을 냈다.

김초엽은 인간을 획일적 집단으로 보지 않게 만드는 것을 소설의 역할이라고 생각한다. 10대 후반 진단받은 청각장애(3급)가 그 바탕에 있다.

"'저 사람은 장애가 있어서 이런 작가가 됐을 거야'라는 이야기를 다른 사람이 말하게 두고 싶지 않아요."

그의 소설에 등장하는 여러 인물은 사람을 쉽게 판단하

고 넘겨짚는 독자에게 '한 번만 같이 들여다보자'고 말한다. 그는 난청이 자신을 '덜 재수 없는' 사람으로 만들어줬다고 했다. 뭐든 곧잘 해냈던 터라 능력주의자였던 자신이 청력이 불편해지면서 사람에겐 노력으로 안 되는 지점이 있음을 알게 되었다. 다른 사람의 상황을 이해하려다 보니 글을 쓸 수 있게 된 것 같다고 말했다.

'초엽草葉'이라는 이름과 달리 그는 식물을 좋아하지 않는다고 말했다. 하지만 그의 집 거실은 식물로 가득하다.

"식물을 들이다 보니 거실이 꽉 찼어요. 다시 부모님 댁으로 돌려보내기도 하지만……. 물을 줄 때는 제 갈등이나 인간사가 잊히더군요."

어쩌면 그는 오늘도 식물에 물을 주고 있을지 모른다. 환하고 명랑한 웃음을 지은 채로.

영감을 주는 비디오게임

'매스 이펙트' 시리즈는 거대한 세계관을 가진 스페이스 오페라 게임이다. 행성과 행성을 오갈 뿐만 아니라 은하 단위를 뛰어넘어 이동한다. 재미있는 건 이 수많은 행성에 각각 구분되는 구체적인 설정이 있다는 점이다. 이 가상의 행성은 실제 행성 과학에 근거해서 만들어졌다. '폴아웃' 시리즈는 뉴클리어 아포칼립스, 즉 핵전쟁 이후의 세계를 배경으로 한 시리즈다. 잔뜩 오염된 건물과 던전을 탐험하고 텅 빈 황무지를 뛰어다니며 인간 없는 세계가 이런 모습일까 짐작하게 된다.

SF 입문자들에게 권하는 책

옥타비아 버틀러의 『킨』, 한나 렌의 『매끄러운 세계와 그 적들』, 앤디 위어의 『프로젝트 헤일메리』를 추천한다. 모두 개성 있는 SF 소설이다. 『킨』은 순식간에 빠져드는 몰입도 높은 타임리프 소설로 과거의 처참한 세계와 현대적 가치관을 가진 주인공의 충돌을 보여준다. 『매끄러운 세계와 그 적들』은 일본 애니메이션을 떠올리게 하는 산뜻한 색채와 경쾌함이 두드러지는 소설집이다. 『프로젝트 헤일메리』는 과학적 디테일과 추론으로 꽉꽉 채워졌지만, 과학을 모르는 독자도 즐겁게 읽을 수 있는 속도감 넘치는 장편이다.

2

들려주고 싶은 '결심'

1

“행복은 이렇게 생겼어요”

인터뷰어: 김민정

서은국

『행복의 기원』은 ‘행복이 어디에서 오는가’에 대한 사회과학 연구 결과를 쉽게 소개한, 행복에 관한 ‘과학책’ 중 독보적인 책으로 꼽힌다. 12만 부 넘게 팔린 베스트셀러로, 2014년 출간되어 10년이 지난 지금도 해마다 1만 부 가까이 꾸준히 팔린다. 『행복의 기원』은 요사이 유행하는 감사, 비움, 긍정 같은 ‘행복 지침’에 반기를 들며, 행복감을 맛보려면 ‘경험’하고 ‘움직여야’ 한다고 말한다. 많은 독자들이 여기저기 인용한 ‘행복은 강도보다 빈도가 중요하다’는 문장도 인상적이다. 심리학자인 저자가 쓴 첫 대중서이지만 베테랑 작가 못지않은 글쓰기 실력이 돋보인다. 적재적소에 재치 있는 예시와 비유를 곁들여 행복의 실체에 대한 밑그림을 200쪽에 압축해 전달한 서은국 연세대 심리학과 교수를 그의 연구실에서 만났다.

늦은 오후, 그의 연구실은 한여름 폭염으로 푹푹 쪘다. 더위도 잊은 듯 그는 책더미 사이에서 키보드를 두드리고 있었다. 제자들의 손글씨가 적힌 도화지 한 장이 눈에 들어왔다. 익살스러운 글귀에서 그가 다정다감한 스승임을 짐작할 수 있었다. 열린 연구실 창문으로 밀려드는 열기에 정신이 아득해질 무렵, 그는 "더워서 생기는 불쾌감은 생존을 위해 행동하라는 뇌의 신호"라고 말했다. 창문부터 닫고 이야기를 시작했다. 에어컨 바람에 열기는 가라앉고, 열정적인 '행복 심리학자'의 이야기를 듣다 보니 즐거운 감정이 샘솟았다. '행복은 어디에서 오는가'에 대한 그의 답이 이미 시작된 셈이었다.

서은국은 심리학 분야에서 행복 연구를 선도한 주역 중 한 명이다. 오랜 기간 철학 영역에서 다뤄온 행복을 과학적으로 탐구하려는 시도가 30여 년 전 시작됐다. 이 초창기 행복 연구의 중심에 그가 있었다. 미국의 행복 연구 선구자인 에드 디너 일리노이대 교수에게 지도받으며 주목받는 논문을 써냈다. 박사 과정을 마치기 전에 이미

스탠퍼드대학교 등 17개 대학교에 초청 강연을 다녔다.

행복 연구는 '우연'에서 시작됐다. 학부생 시절, 과제를 준비하려고 도서관에 갔다가 훗날 지도 교수가 된 에드 디너의 논문을 잠깐 '구경'했던 게 계기가 됐다. 지금과 달리 30년 전만 해도 심리학에서 '행복'이라는 주제를 연구하는 사람은 없었다. 이상하게도 논문 초록만 보았을 뿐인데 주제의 새로움에 이끌렸다. 결국 유학을 가게 되었고, 디너 교수 밑에서 박사 과정을 하게 되었으니, 우연이 크게 작용한 셈이다. 디너 교수의 연구실은 행복 연구를 하는 유일한 '원조집'이었다.

"자주 쓰는 비유인데, 저는 행복 연구 원조집에서 '주방 일'을 한 격이죠. 지도 교수님이 연구를 굉장히 생산적으로 하는 분이라 같이 일하며 많은 논문을 썼어요. 돌아보면 초반의 그 경험이 저에게 아주 귀했어요."

학술적인 글쓰기를 직업의 일부 삼아 오랫동안 해왔지만, 일반인을 대상으로 책을 쓴 건 『행복의 기원』이 처음이었다. "누구나 행복해지기 위해서 애쓰는데, '행복은 진짜 이렇게 생겼어요'라는 말을 사람들에게 하고 싶었"다.

"제가 대단한 사람은 아니지만 행복에 관한 공부를 오래 했잖아요. 학계에서는 행복에 대해 굉장히 과학적으로 타당하다고 여기는 결론이 많은데, 일반인이 알고 있는 그림과는 너무 달라요. 그 사실을 모르면 모르는 데서 그치는 게 아니라 엉뚱한 데 시간과 에너지를 쓰게 되죠. 그만큼 기회비용이 발생하고요. 저는 행복과 관련해 '큰 방향은 이쪽이에요'라는 메시지를 주고 싶었어요."

마음먹고 책을 쓰는 데는 한 달 정도 걸렸다. 친구들에게 말하듯이 썼다.

"사실 다른 연구자들을 대상으로 논문을 쓰는 게 대중서를 쓰는 것보다 쉬워요. 배경지식이 많지 않은 분들을 대상으로 쓰다 보니 생각을 많이 할 수밖에 없었죠. 책을 쓰면서 복잡한 이야기를 어떻게 쉽게 할 수 있는가에 가장 많은 시간을 할애했어요. 적절한 예시를 생각하는 데 시간이 제법 걸렸어요."

책에는 개에게 서핑을 가르치는 과정 같은 수많은 예시

와 비유가 나온다. '아리스토텔레스 선생', '다윈 선생'이 등장해 철학과 사회과학에서 바라본 서로 다른 행복의 정체를 유머러스하게 표현하기도 한다.

서은국이 전하는 사회과학 연구를 통해 지금까지 밝혀진 행복의 진짜 모습은 무엇일까. '행복은 마음먹기에 달렸다'는 속설과는 정반대다. 인간이 생존과 번식에 필요한 행동을 할 때 뇌가 주는 보상이 '행복감'이다. 낭만이 '한 방울'도 섞이지 않은 진화론적 설명이다. 가령 강아지에게 '손 줘'를 훈련할 때 보상으로 주는 '간식' 같은 역할이 행복이라는 것. 그러므로 행복해지려면 마음을 고쳐먹는 것으로는 안 되고, '간식'(즐거움)을 주는 '행동'과 '경험'을 찾아 자주 하는 수밖에 없다. 무엇보다 타인과 긍정적인 관계를 맺을 때 행복감이라는 뇌의 보상이 극대화된다.

"사람들과의 교감과 그들로부터의 긍정적인 반응이 생존과 번식에 절대적으로 중요한 자원이에요. 누군가 나의 존재를 존중하고 인정할 때 행복이라는 뇌의 신호가 미치도록 켜지죠. 아무도 없는 허허벌판에서 눈을 감고 명상한다고 행복해지는 게 아니에요."

그는 사람과 교류하기를 즐기는 외향적인 사람, 안정을 지향하기보다 새로운 시도를 하는 사람이 행복을 느끼는 데 유리하다는 것은 수많은 연구의 누적으로도 알 수 있는 사실이라고 덧붙였다.

인터뷰를 진행한 날, 열기가 들어오는 창문을 그대로 열어둔 채 '긍정적 사고'만으로 더위로 인한 불쾌감을 행복감으로 바꿔보려 했다면 어땠을까. 짧은 시간 성공할 수는 있어도 지속하기는 힘들었을 것이다. 그는 요즘 유행하는 '감사 일기'나 '마음 비우기'만으로 행복을 만드는 것은 불가능하다고 말했다. 불편한 환경은 바꾸고, 행복감을 가져다주는 행동을 자주 하는 것, 이것만이 '과학적'으로 검증된 행복해지는 방법이다. 그는 일부 자기계발서나 소셜미디어에서 소개하는 '행복 지침'이 진리로 여겨지는 상황을 우려했다.

"'마음과 태도를 바꿔라' 같은 지침이 사람들이 듣고 싶어 하는 이야기를 하는 것 같아요. 하지만 연구자 입장에서 행복감은 그렇게 생기는 게 아니거든요. 만약 상황과 무관하게 마음을 고쳐먹는 것만으로 감정을 바꿀 수 있다면, 그건 오히려 감정 시스템이 정상적으로 작동하지 않는 거예요."

그는 무조건 긍정적으로 생각하라는 주장은 감정이 감당하는 역할을 무시하는 것이라고 말한 뒤, 인간의 진화 과정에서 감정은 상황을 감지하고 그에 맞춰 적절한 행동을 취하도록 하는 기능을 담당한다고 말했다. 문제가 있을 때 우울함도 느끼고 두려움도 느껴야 이를 깨닫고 개선할 수 있다는 것이다. 그는 "행복과 관련된 요인은 우주의 별만큼 많지만, 관련성이 너무나도 미약한 요소를 행복해지는 '결정타'인 양 이야기한다면 피해를 보는 사람이 생기지 않겠느냐"며 『행복의 기원』으로 균형을 잡을 수 있는 이야기를 하고 싶었다고 했다.

서은국은 미국의 한 대학에서 교수로 재직하며 테뉴어(종신교수 자격)를 얻었지만, 2003년 모교인 연세대로 돌아왔다. 그 이유도 행복 연구자답다.

"좋아하는 평양냉면을 제대로 먹을 수 없는 나라에서 죽고 싶지 않았어요. (웃음) 가족과 친한 친구들이 한국에 있듯이, 개인적인 삶에서 작으면서도 구체적인 행복을 주는 것들이 한국에 있다고 생각했어요. 작게나마 모교

학생들에게 연구하고 논문 쓰는 노하우를 전해줄 수 있으면 좋겠다는 소망도 있었고요."

하지만 그가 보는 한국 사회의 행복 온도는 걱정될 정도다. 요즘 한국 사회를 "지옥으로 가는 길"에 비유했다. 일상 속 "잦은 불쾌가 누적돼 곪아 터지는" 상태, 모두 '자기 권리'만 외치고 있다는 것이다. 영업 종료시간이 다가오는 뷔페의 아이스크림 코너에 초콜릿 맛 두 개와 바닐라 맛 한 개가 남아 있고, 내 뒤에 한 사람이 순서를 기다리고 있다면 나는 어떤 맛을 택할까. 그가 참여한 최근 연구에서 초콜릿 맛을 골라 모르는 사람에게 선택권을 주는 배려를 하는 사람 숫자는 한국이 거의 꼴찌였다.

"논문을 보면 행복하지 않은 문화권이나 사회에 몇 가지 특성이 있어요. 안타깝게도 한국은 그런 점에서 거의 상위권에 자리해요. 과도하게 강한 집단주의적 생각과 수직적인 문화가 그렇죠. 사람의 에너지는 한정되어 있어서 나와 내 가족만 생각하고 에너지를 투여하면 타인을 배려할 에너지가 남지 않아요. 수많은 사회 구성원이 그런 생각을 하는 사회에서는 일상에서 예의 없고 불쾌한 일이 수시로 벌어집니다. 이런 경험을 계속해서 참아내야 하는 사회는 행복감이 높을 수 없어요."

그는 "행복해지려면 서로 조력해야 한다"고 했다.

"내 집단, 내 사람만 중요하게 여기지 말고 계단에서, 지하철에서 마주치는 모르는 사람들과도 서로 행복 신호를 켜는 작은 기쁨을 나눠야 합니다. 사람은 서로에게 반사되는 빛으로 가장 행복해지거든요."

『행복의 기원』 이후로 다음 책을 기다리는 독자가 많지만, 그는 한동안 대중서를 쓰지 않기로 했다. 바쁘기도 했고, 뚜렷이 할 말이 없는 상황에서 억지로 쓰고 싶지는 않았다. 그러다 오랜만에 새롭게 쓰고 싶은 이야기가 생겼다. '권태'에 대한 것이다. 그는 30년 전만 해도 한국에서 행복을 이야기하는 사람이 아무도 없었다면서, 한동안 행복이라는 주제가 주목받았지만 조금 시간이 지나고 나면 무대의 뒷문으로 나가는 날이 올지도 모른다고 했다. 그는 이제 권태를 주목하고 있다.

"인류가 결핍에 시달리는 상태에서 벗어나다 보니 오히려 '잉여'가 생기는 사회가 많아졌죠. 물질이든 시간이

든 이제는 남아돌아서 심심함을 느낍니다. 이런 권태가 여러 행동의 보이지 않는 중요한 동기가 되고 있어요. 동호회에 나가고, 남는 시간에도 휴대전화를 손에서 놓지 못하는 거죠. 인간은 잉여가 생기면 생산적인 일을 하고 싶은 충동이 들도록 설계된 존재입니다. 앞으로는 권태를 제대로 이해하고, 대비하는 것이 중요할 겁니다."

서은국이 말하는 '행복'

사람들과 관계 맺어야 행복

행복에도 유전이 영향을 미친다. 타고나길 외향적인 사람이 내향적인 사람보다 행복한 삶을 사는 데 유리하다. 겁내지 않고 밖으로 나가 사람들과 관계를 맺으며 '행복의 비'에 자신을 적시기 때문이다. 반면 내향적인 사람은 사람에게서 얻는 행복만큼 불행도 크게 느낀다. 이들은 고통을 겪고 싶지 않아 비를 맞으러 나가지 않는다. 하지만 '안정 지향'과 행복은 '물과 기름'이다. 행복은 움직여야 생긴다.

대부분은 이미 행복하다

하지만 내향인이라고 해서 심각하게 생각하지 않길 바란다. 불행함을 '병'에 가까울 정도로 심각하게 겪는 사람은 100명 중 1~2명 정도다. 대부분은 이미 충분히 행복하다. 그런데 자기계발서 등 '행복 마케팅'이 행복의 진입 경로를 높이고, 잘 사는 사람들을 잘못 살고 있다고 생각하게 만든다. 나의 행복은 축구 보기, 사람들과 어울려 탕수육 먹기, 운전하기 등 사소한 것에서 나온다. 행복을 거창한 과업으로 생각하지 말자.

2

미술의 재미 알리는 프로메테우스

양정무

'한국의 곰브리치', 미술사학자 양정무 한국예술종합학교 교수의 별명이다. 런던대 미술사 교수였던 에른스트 곰브리치는 미술사학도라면 꼭 읽어야 하는 입문서로 꼽히는 『서양미술사』 저자다.

양정무가 2016년부터 집필을 시작한 '난처한 미술 이야기' 시리즈는 그간 출간된 일곱 권을 합쳐 30만 부가량 팔렸다(최근 바로크 미술을 주제로 8권을 펴냈다). 그의 전공은 이탈리아 르네상스. 서울대 고고미술사학과를 졸업하고 런던 유니버시티 칼리지에서 박사학위를 받았다.

"대학생 때 미술사학자 아르놀트 하우저가 쓴 『문학과

예술의 사회사』를 인상 깊게 읽었어요. '역사학자가 된다면 통사通史를 한 번 써야 하지 않겠는가'라는 '학문적 야심'을 일찍부터 가졌죠."

그는 런던에 있을 때 수시로 영국박물관의 이집트 미술 전시실과 메소포타미아실을 찾아 오랜 시간을 보냈다. 언젠가 통사를 쓰려고 고딕미술, 추상미술 수업도 청강했다. 55세쯤 쓰기 시작해 은퇴할 때쯤 마무리하면 좋겠다고 생각했는데 7~8년 먼저 쓰게 되었다는 게 그의 설명이다.

시리즈 제목의 '난처한'은 '난생처음 한번 공부하는'의 줄임말. 원시미술에서 시작해 16세기 르네상스의 완성과 종교개혁까지 다다른 이 시리즈에서 가장 많이 팔린 책은 신석기 토기, 라스코 동굴벽화 등을 다룬 제1권이다. 시리즈 도서는 보통 1권이 가장 인기 있다는 점을 감안하더라도 인상주의도 아니고, 미술사를 공부하는 이들이 가장 지루해하는 시기에 관한 책이 7만 부나 팔렸다는 건 이례적이다.

양정무는 "작품 앞에서 솔직한 태도를 취했기 때문이 아닐까"라고 말한다. 학자의 눈높이에서는 상식적인 내용이라도 '이건 다 아는 거죠?'라고 넘어가지 않고 '내가 처음 이 작품을 봤을 때 뭐가 궁금했더라', '내가 이 작품을 직접 봤을 때 어떤 감정을 느꼈더라'를 염두에 두며 독자와 눈높이를 맞췄다는 이야기다.

"그리스·로마 신화를 다룬 작품 앞에 서면 '인물들이 왜 벌거벗었나?'부터 시작해야 한다고 생각해요. 신은 신성한 존재라 옷으로 몸을 가릴 필요가 없기 때문이죠. 그런데 우리나라 사람들은 '이 인물은 제우스일까? 아프로디테일까?'부터 시작해요. 우리 눈높이에서부터 시작할 만한 질문이 충분히 있을 텐데 기존 미술사 책이 그 부분을 충분히 커버한 것 같지 않았어요. 서양 사람이라면 다 아는 이야기를 우리는 모르는 부분이 많다는 게 서양 미술을 이해하는 데 가장 큰 장벽이라 생각해요. '고전건축은 왜 기둥이 많을까' 같은 질문을 얼마든지 할 수 있는데, 그런 질문은 건너뛰거나 알아서 정리하라는 일부 학자들의 태도가 저는 일찍부터 불편했어요."

'서양 미술사학계의 유홍준'은 양정무에게 붙은 또 다른 별명. 유홍준 전 문화재청장 못지않은 이야기꾼이라는 뜻이다. 양정무는 런던 유학 시절부터 명강사로 이름을 날렸다. IMF 한파가 닥쳤을 때 주재원과 유학생 대상으로 미술사 공부 모임을 꾸려 2년 정도의 '보릿고개'를 넘었다고 했다.

"제가 초등학교 들어가기 전에 아버지가 돌아가셨어요. 저는 6남매 중 막내인데, 집안 형편이 크게 넉넉하지 않았습니다. 게다가 유학 중 결혼하고 아이도 낳은 터라 IMF가 터지자 생계가 막막했죠. IMF 전부터 방학 때면 사람들이 저에게 미술관이나 박물관에 같이 가자고 요청했는데, 해보니까 가이드는 제 성격에 맞지 않더라고요. 그래서 6~8명 정도를 모아 공부방을 만들자고 제안했죠. 6주짜리였는데 4주는 미술관을 돌며 현장 강의를 하고, 나머지 2주는 슬라이드 강의를 했어요. 생계를 위해 한 일이었지만 그래도 즐거웠어요."

'난처한' 시리즈도 강의를 바탕으로 한 일종의 '렉처 북'이다. 원래는 2014년 사회평론 출판사 편집자들을 위한 사내 강의로 요청을 받았다. 애초에 4회 요청을 받았는데, 나중에 윤철호 대표가 '이걸 몇 번이나 할 수 있겠느냐'고 묻기에 '30번도 가능하고, 60번도 가능하다'고 대

답했더니 계속하자고 해서 꽤 오래 했다. 나중에 사회평론에서 강의를 책으로 만들자고 제안해서 시리즈 형태로 기획하게 되었다.

'난처한' 시리즈 외에도 『시간이 정지된 박물관, 피렌체』, 『상인과 미술』, 『그림값의 비밀』, 『벌거벗은 미술관』 등을 썼다. 미술작품의 상업성은 그의 오랜 관심사다. 박사학위 논문도 베네치아 화가 조반니 벨리니 작품에 사용된 안료의 상업적 특성을 주제로 썼다.

"15세기 활동했던 베네치아 화파의 회화적 특성이 바로 색채예요. 화가와 후원자들이 베네치아에서 계약을 맺었는데, 그 계약서를 분석해 안료에 대한 문구를 보고 독특한 색채 취향이 있었다는 걸 파악했어요. 그것이 회화에 적용되는 과정을 벨리니의 작품을 중심으로 죽 살펴본 거죠. 당시 런던에서 미술품의 진위 분석을 위해 과학적인 분석 작업을 많이 했어요. 그 덕에 안료에 대한 구체적인 데이터가 쏟아졌는데 그걸 접목한 거죠."

저자로서 발걸음을 내딛기 전에 번역부터 하며 기본기를 다졌다. 은사인 김영나 교수(서울대 명예교수, 전 국립중

앙박물관장)의 '저서를 빨리 쓰지 마라'는 조언을 귀담아 들었다. 유학이 끝나갈 무렵이던 1998년 논문집 『신미술사학』을 번역했고, 1999년 귀국한 후 2001년 『그리스 미술』을 번역했다. 2005년엔 『조토에서 세잔까지』를 번역했다. 그 와중에 《이상건축》이라는 잡지에 연재했는데, 그 글이 2006년 첫 저서 『시간이 정지된 박물관, 피렌체』로 엮여 나왔다.

저서 중 특히 『상인과 미술』은 학위논문을 기반으로 쓴 책이라 의미가 남다르다. 논문이 원재료지만 지나치게 학술서 느낌이 나면 독자들이 거리감을 느낄 것 같아 대중서에 가깝게 많이 고쳤다. 왜 하필 '상업'을 주제로 삼았을까? 학부 때부터 미술은 사회의 산물이라고 강조한 스승들의 가르침이 큰 영향을 줬다. 무엇을 중심으로 '사회'를 봐야 하느냐 하는 문제를 논할 때 '정치', '경제' 등 다양한 통로가 있겠지만, 그는 상업적인 관계가 매우 중요하다고 생각한다.

"르네상스 시대를 예로 들자면 직접적인 구매자, 좋게 말하면 '후원자'가 미술품 생산 과정에 강하게 개입했어요. 그들을 추적하는 것이 의미 있다고 생각했죠. 그러다 보니 돈 이야기를 많이 하게 되었습니다. 우리가 르네상스에 대해 환상을 가지고 있지만, 사실 르네상스는 경제불황기에 만들어진 미술 양식이에요. 이 이야기를 『상인과 미술』의 서문에서 강조했습니다. 르네상스는 중세 경제의 하강기로 퇴행적 소비가 있었던 시기입니다. 빈익빈 부익부 현상이 미술에서도 일어났어요. 중세엔 장인들의 월급이 똑같았어요. 실력이 떨어지거나 훌륭하거나 다 같이 받았는데, 미켈란젤로나 라파엘로는 메이저리그 야구선수나 손흥민 같은 대우를 받았던 거죠. 능력주의의 시작이었어요. 인간의 가치를 알아준다는 것이 그런 불균등과 동의어였던 거죠. 그런 것들이 우리가 몰랐던 르네상스에 있다는 이야기를 하고 싶었어요."

『상인과 미술』이 출간된 후 어느 일간지에서 작가와 작품, 사회의 관계를 돈을 중심으로 바라보자는 연재 제안이 들어왔다. 그 연재물을 모은 책이 『그림값의 비밀』이다. 자본주의 체제 아래 미술의 존재 논리를 돈이라는 가치를 통해 찾아본 시도였다. 화가들이 돈 때문에 어떻게 스트레스를 받았는지, 그림을 판매하는 과정에서 구매자와 얼마나 '밀당'을 했는지, 승자와 패자는 어땠는지를 냉정하게 따진 글이다.

“우리에게 친숙한 미켈란젤로는 일종의 ‘소년 가장’이에요. 4형제 중 둘째인가 그랬는데, 집안에서 경제적 활동을 제대로 한 사람은 미켈란젤로밖에 없었죠. 그에겐 늘 경제적인 문제가 따라다녔어요. 동생들이 사고 치면 막아주는 역할을 했죠. 그가 시스티나 성당 천장화를 그릴 때 집에 보낸 편지가 참 인간적이에요. 사고 치는 동생한테 ‘너 그러면 안 돼’라는 내용이 있어요. 그 대단한 예술가의 일생이 지금 우리 삶과 비슷한 거예요. 열심히 사는데, 우리 너무 힘들잖아요. 금전적 어려움에도 부딪히고. 예술이란 삶의 중력을 벗어난 세계가 아니에요. 그 안에서 어우러지는 거죠. 미켈란젤로는 교황과 월급과 싸운 거예요. 후원자의 세계란 호혜적이고 시혜적인 듯하지만 사실 냉정하거든요. 많은 사람이 미술이란 고상하고 우리 삶에서 이탈한 거라고 생각하지만, 사실은 우리 삶 안에서 이루어진다는 것을 이야기하고 싶었어요.”

끊임없이 쓰고자 하는 욕구는 어디서 나오는 걸까. 양정무는 자신에게 글쓰기는 매번 새로운 도전이라고 했다.

"길이 다 보인다고 생각했는데 글을 쓰고 나면 제가 엉뚱한 곳에 와 있을 때가 많아요. 그때 지적 쾌감을 느낍니다. 저는 글을 쓸 때 제가 가장 똑똑해 보이는 것 같아요. 평소에는 축 처져 있다가도 글을 쓸 때면 날카로워지는 것 같고, 지적으로 보이는 것 같고요. (웃음) 제가 이미 알고 있던 것도 글로 표현하면 지적 쾌감이 느껴져요. 글을 쓰다 보면 즐거움을 많이 느끼게 됩니다."

대중의 눈높이에서 쉽게 쓰고자 하지만 글이 헐거워지지 않도록 만전을 기한다. 사실관계를 틀리지 않도록 애쓴다는 이야기다.

"팩트에 대해서는 굉장한 완벽주의자예요. 팩트를 틀리면 잠이 안 오죠. 하나라도 틀리면 자책합니다. 아무리 조심한다 해도 쓰다 보면 오류가 생겨요. 그럴 때면 경기를 일으켜요. 실수를 안 하려면 안 쓰면 되는데, 쓰면 쓸수록 실수가 많아져서 불안합니다. 글을 쓸 때면 대학 시절 은사인 안휘준 선생님(서울대 명예교수, 전 문화재위원장)이나 유학 시절 선생님들이 세 분쯤 제 뒤에 서서 지켜보고 계시는 것 같아요. 이른바 '빨간 펜' 지도를 하며 저를 엄격하게 가르치신 분들이죠."

'난처한' 시리즈는 총 열 권으로 기획되었다. 2024년에 나온 8권 '바로크 미술'에 이어, 2025년까지 9권 '귀족과 미술', 10권 '시민과 미술'을 쓸 계획이다. 학교에 적을 두고 있어 책이 팔리지 않아도 생계에 아무런 지장이 없을 텐데 왜 계속 쓰는지, 그 동력이 궁금했다. 그는 "이렇게 재미있는 걸 나만 알고 있는 게 아깝지 않나? 미술이라는 걸 많은 사람이 누리면 좋겠다"고 답했다.

"미술은 본디 특정 집단의 소유물, 엘리트 집단의 언어였어요. 유럽에서는 미술품에 대한 태도로 상류층과 대중을 구분할 정도니까요. 대중이 가지고 있는 미술에 대한 환상이 너무 커서 당황할 때가 있어요. 환상이 크다 보니 미술품을 신비화하게 되고, 결국 백안시하게 되는 것 같아요. 추상미술의 경우 난해한데 고가에 팔린다는 데 대한 분노도 크고요. 비자금, 탈세 등 미술에 덧씌워진 사회적 인식이 얼마나 불편한가를 보면 미술 일을 하는 사람으로서 반성하게 됩니다. 사실 미술이란 소설이나 영화처럼 편하게 즐길 수 있는 흥미로운 세계인데 말이에요. 대중이 그 세계로 들어가려면 알파벳 같은 '가이드라인'이 필요하다고 생각해요. 저는 '미술의 프로메테우스'가 되고 싶어요. 프로메테우스가 인간에게 불을 가져다주었다면, 저는 미술이 불처럼 우리 삶에 필수 불가결한 세계라는 걸 보여주고 싶어요."

글을 쓸 때 주로 듣는 음악은

글 쓰거나 연구할 때 늘 라디오를 틀어놓는다. 음악만 나오는 것보다는 사람 목소리가 들리는 게 좋아서다. 청소년 시절에도 라디오를 끼고 살았는데 지금도 마찬가지다. KBS 클래식FM을 즐겨 듣고, 영국 유학 시절 듣던 BBC 3를 지금도 애청한다. 글 쓸 때 말고도 음악을 정말 많이 듣는다. 트로트부터 바흐까지 다양하게 듣는다.

존경하는 화가는

현대사의 굴곡을 뚫고 그림을 그린 20세기 한국 작가들을 존경한다. '물방울 그림'으로 유명한 고故 김창열 화백은 1929년생, 평안남도 맹산이 고향이다. 우리 아버지와 동향이고 연배도 비슷한데 생전에 "6·25가 끝나니 중학교 동창 중 3분의 2가 죽고 없더라"고 말씀하셨다. 삶 자체가 전쟁이었던 분이 그린 물방울은 '다른 물방울'로 보일 수밖에 없다.

독자들과 함께 가고픈 미술관

런던에서 힘들 때 위안이 되어주던, 최고의 공간이었던 월리스 컬렉션. 프라고나르의 〈그네〉를 소장한 곳으로 로코코 미술품 컬렉션은 세계 최고로 꼽힌다. 컬렉션 수

준도 경이로운데, 18~19세기 작품들이 동시대 저택을 개조한 공간과 가구 등 인테리어와 같은 맥락에 어우러져 있다.

3

인터뷰어: 이영권

사회 시스템을 파헤치는 냉소적인 차력사

장강명

"제가 차력사가 된 것 같아요."

웃으며 꺼낸 이야기에 고개를 끄덕일 수밖에 없었다. 각목을 부수는 유의 차력은 아니다. 그보다 더할지도 모르겠다. 2011년 장편소설 『표백』으로 한겨레문학상을 받으며 등단, 지금까지 단독 저서 20여 권을 냈다. 소설 12권에 산문집과 논픽션을 합한 숫자다. 수림문학상, 문학동네작가상, 젊은작가상, 오늘의작가상…… 문학상 상금만 모아도 서울에 작은 아파트는 족히 마련했을 것이다. 영화 〈한국이 싫어서〉와 〈댓글부대〉의 원작자이기도 한, 소설가 장강명이다.

굵직한 이력만으로 그를 차력사라고 말하긴 어렵다. '우직하다'는 표현이 누구보다 적합한 소설가다. 발표하는 소설마다 한국 사회를 향해 도발적 목소리를 담아왔다. 젊은 세대의 자살을 통해 희망이 사라진 현실을 그린 『표백』, 한국을 벗어나 해외에서 미래를 찾는 시대를 꼬집은 『한국이 싫어서』, 국정원 선거 개입 사건을 모티브 삼은 『댓글부대』 등이 대표작이다. 그리고 2022년, 장편소설로는 6년 만에 낸 『재수사』에서는 한국 사회에 뿌리내린 불안과 공허를 다뤘다. 『재수사』 출간 직후 그를 만났다.

"제가 사는 사회의 당대 현실에 관심이 많고, 말하고 싶은 내용이 있습니다. 소설가가 되기 전부터 그랬어요. 모든 작가가 그럴 필요는 없겠고, 저도 그런 글만 쓰겠다는 것은 아닙니다. 하지만 그런 관심과 욕구를 소설가로 활동하는 내내 지니려고 합니다."

시작은 다소 무모했다. 2011년 한겨레문학상을 받으며 등단했을 때 그는 신문사 기자였다. 2013년 9월, 12년 다니던 신문사에 돌연 사표를 던졌다. 언젠가 회사를 10년 다니고 나면 사표를 내고 소설가가 되고 싶다고 막연히 생각했지만, 계획된 사표는 아니었다. 데스크와 다투고 울컥한 마음에 내린 결정이었다.

그러고는 아내와 약속했다. 1년 3개월 안에 전업 소설가로서 성과를 내지 못하면, 무엇이 됐든 직업을 다시 얻기로. 그때부터 차력을 써야만 했다. 하루에 200자 원고지 70~100매를 썼다. 글자 수로는 1만 4,000자~2만 자. 적게는 10시간, 많게는 14시간씩. 이 기간 소설을 집필하며 자신의 모든 것을 쏟아낸 덕분에 일찍이 평단과 독자의 큰 사랑을 받을 수 있었다.

전업 소설가로 뛰어든 지 6년 차였던 2019년, 슬럼프가 크게 왔다. 소설 집필을 위한 취재를 1년 전 마친 후 펜을 잡았는데 좀처럼 소설이 끝나지 않았다. 그전까지는 1년에 한 권 이상 책을 써왔지만, 이상하게 이 소설은 3년이 걸려도 끝나지 않았다. 하루에 10~14시간씩 소설을 써도 통하지 않았다. 등단 전 출판사나 신춘문예에 투고하며 쓴맛을 본 적은 여럿이지만, 등단 이후로는 오랜만에 느낀 벽이었다. 재능이 별로 없구나 싶었다. 조바심이 났다.

슬럼프는 해결했느냐고? 아니다. 그저 꾸역꾸역 썼다. 그래도 2022년 장편소설 『재수사』는 출간됐다. 2000년 서울 신촌에서 일어난 여대생 살인 사건을 22년 만에 재수사하는 이야기다. 두 권을 합쳐 200자 원고지 3,100매로, 요즘 나오는 일반적인 책 서너 권을 합친 분량이다.

"글을 쓰다 보니 '좋아하는 걸 써야겠다'는 생각이 확고해졌어요. 전업 작가가 되고 매년 책을 한 권 이상 냈는데, 『재수사』를 쓰며 처음으로 한 해를 걸렀네요. 별다른 깨우침까지는 아니지만, 매년 꼭 책을 내야 한다는 강박도 벗어던졌습니다."

장편소설 『재수사』는 장강명 스스로 만들어낸 변곡점이다. 2011년 데뷔한 중견 작가이자, 나이는 곧 쉰 살. 이런 시기에 걸맞게 묵직한 소설을 쓰고 싶었다. 더 늦기 전에 시도해야 한다는 불안이 있었다. 원고지 3,100매라는 분량은 점차 짧아지는 소설의 추세와도 어울리지 않는다. 작가 스스로도 '이렇게 긴 소설을 읽을 사람이 있을까'라는 고민을 지울 수 없었다. 그러나 인간과 사회에 대한 철학을 담은 '묵직한' 소설을 쓰기 위해서는 긴 분량이 꼭 필요했다. "앞으로도 장편 작가로서 우직하게 책을 써나가겠다"는 새 이정표를 찍은 셈이다.

장강명의 소설을 읽은 독자라면 그가 사회에 대해 상당히 냉소적인 태도를 지녔으리라 추측하기 쉽다. 실제로 그렇다.

"제가 굉장히 의심이 많아요. 신도 믿지 않아요. 그런데 저한테 글을 쓰거나 사회를 바라보거나 삶을 살면서 몇 가지 원칙은 있는 것 같습니다. 개인은 존엄하다, 현실은 복잡하다, 사실은 믿음보다 중요하다 등입니다."

장강명은 작품 창작 못지않게 사회적 활동에서도 쉬지 않고 달려왔다. 저작권자가 출판사에 기대지 않고서는 자신의 책 판매량을 제대로 알 수 없는 출판계 관행을 공론화했다. 소설 『당선, 합격, 계급』을 비롯해 각종 매체에서 독서 생태계 붕괴에 대한 우려를 제기했고, 아내와 독서 모임 플랫폼 '그믐'을 운영하고 있다. 독서 모임과 출판 인프라가 수도권에 집중된 문제를 해소하고, 모임 활동을 지속 가능하게 만들고자 한다. 잘 알려지지 않은 한국 소설을 소개하자는 취지로 무료 서평집 『한국 소설이 좋아서』를 만들어 온라인 서점에 무료 배포했고, 동료 작가들과 '월급사실주의' 동인도 만들었다. 몸 하나로 이 모든 일을 하고 있다. '기자 출신 작가', '단행본 저술업자'라는 호칭을 넘어 스스로에게 '리얼리스트'라는 호칭이 적합하다고 생각하는 이유다.

"'월급사실주의', 'STS(Science, Technology and Society) SF', 이 둘이 제가 작업에 이름을 붙인 경우인데, 둘 다 이미 닥쳤거나 앞으로 닥쳐올 사회 현실을 말하는 작업입니다. 제가 배운 방법론, 즉 현장을 취재하는 일을 종종 활용하고요. 논픽션 작업도 그 연장이라 생각합니다. 문학계와 출판계 현실에도 관심이 많고, 그래서 다른 작가들보다 그에 대해 발언하는 일이 잦습니다."

선택과 집중 덕분에 이런 삶을 유지하고 있다. 여러 매체에 기고하던 칼럼을 2023년 가을에 그만뒀고, 에세이 아이디어가 떠올라도 웬만하면 집필에 착수하지 않는다. 본업인 소설과 논픽션, 그리고 사회 시스템에 관한 관심을 계속 갖기 위해서다.

"데뷔 초기에는 저의 생산력을 과신했는데, 욕심만큼

잘 써지지는 않더라고요. 남은 시간이 그리 길지 않다는 생각으로 어떤 소설과 논픽션을 써야 하나 고민하고 있습니다. 사회 현실을 들여다볼수록 그 배후에 있는 것들을 살피게 되고, 그러다 보니 '시스템'에 관심이 갑니다. 그 외의 일엔 관심이 없어요. 시사 프로그램 진행, 영화나 게임 시나리오 개발 작업, 정치권의 제안도 다 거절했습니다."

그가 아직 보여주지 않은 차력이 있다면 비관적인 시대를 견뎌내는 단단함에 관한 것이리라. 꼼꼼한 취재에 기반한 소설로 당대 사회의 현주소를 주로 고발해온 작가에게 어울리지 않는 기대일 수도 있지만, 그런 작가이기에 다시 한번 기대를 걸어본다. 어쭙잖은 단단함보다 냉소의 끝에서 길어 올린 단단함이 더욱 절실한 시대이기에. 작가 자신도 세상을 향해 내뱉었던 냉소를 조금은 거두었다.

"우리는 길을 잃은 채 세상이 잘못됐다는 생각만 품고 있잖아요. 현대의 기둥이 되는 사상을 보완해야 다음 세상을 제대로 상상할 수 있을 겁니다. 물론 데뷔작 『표백』을 쓸 땐 저도 세상이 끝난 게 아닌가 생각했습니다. 이젠 절망 다음을 상상해보자고 말하고 싶습니다."

오래 앉아 지내도 오십견에 걸리지 않는 법

등 운동을 해야 합니다. 덤벨 로우를 추천합니다. 피트니스센터에 가지 않아도 집에서 정기적으로 하면 어깨 결림을 막아줍니다. 덤벨을 구입하기 부담스럽거나 여행을 가는 경우라면 운동용 고무밴드를 활용하세요. 가격도 몇천 원 정도로 저렴합니다.

휴대전화를 덜 들여다보는 법

휴대전화 화면을 흑백으로 바꾸면 좀 덜 들여다보게 됩니다. 아이폰도 안드로이드폰도 찾아보면 흑백 모드로 바꿀 수 있는 설정이 있어요. 제가 쓰는 갤럭시폰에는 색상 보정 카테고리에 들어 있네요. 인터넷 브라우저를 바탕화면으로 빼지 않는 것도 요령입니다.

4

인터뷰어: 김민정

시를 삶 속으로 가져온 '시 에세이스트'

정재찬

"백석 시인이 조선일보 기자였잖아요. 큰 키에 양복 입은 그가 나타나면 신문사 근처가 파리 몽파르나스 거리가 된 듯했다고 해요."

인터뷰를 위해 신문사를 찾은 정재찬 한양대 국어교육과 교수는 질문도 받기 전에 이야기보따리를 술술 풀어놓았다. 그의 대표작은 2015년 출간돼 18만 독자들의 시심을 되살려준 에세이 『시를 잊은 그대에게』. 내향적인 스타일의 작가일 거라는 짐작은 초반부터 어긋났다. 그는 친화력이 뛰어났고 유머가 넘쳤다.

정재찬은 『시를 잊은 그대에게』, 『그대를 듣는다』, 『우리가 인생이라 부르는 것들』 등을 출간하며 '시 에세이스트'라는 별명을 얻었다. 시 한 편을 두고 일맥상통하는 대중가요, 영화 등 다양한 문화 예술 콘텐츠를 엮어 시에 담긴 섬세한 감성을 풍부하게 읽어주는 책들이다.

"저는 아직도 작가라는 자의식이 약해요. 저의 정체성은 그냥 교사예요. 여전히 문학 교육하는 사람이고, 그 연장선에서 글을 쓰고 있죠."

그의 책은 학창 시절 교과서에서 배웠던 시에 '이런 새로운 면모도 있어'라고 일러주고, 우리가 맞닥트리는 다양한 인생사에 시를 연결해주기도 한다. 대중적으로 잘 알려지지 않은 좋은 시도 소개한다. 그 과정에서 그의 해설이 시만큼이나 세게 마음을 때리기도 한다.

대표작인 『시를 잊은 그대에게』는 한양대에서 공대생 대상으로 진행한 강의 내용을 글로 옮긴 것으로 알려졌지만, 실은 훨씬 전에 원고를 썼다고 한다. 연구년이던 2006년에 미국 캘리포니아에서 지내며 모 월간지에 한 달에 한 편씩 가벼운 마음으로 연재한 내용이 차곡차곡 쌓였다. 이국땅에서 쓰다 보니 의지할 자료는 변변찮았지만, 그 덕에 노트북을 갖고 자유로이 하고 싶었던 얘기를 풀어내며 오히려 재미가 붙었다. 그래서 한국에 돌아온 다음에도 1년 동안 계속 썼다.

그의 글을 보고 2008년 무렵 한 출판사에서 책을 내자는 제안이 들어왔다. 원래는 학생들을 염두에 두고 쓴 글이지만, 조금만 손을 대면 일반 독자를 대상으로 해도 무리가 없으려니 싶어 쉽게 받아들였다. 하지만 막상 시를 주제로 대중서를 쓴다는 것이 만만한 일이 아니었다. 쑥스럽기까지 해 출간을 미룬 채 계속 깁고 또 기워댔다.

"작가가 되겠다거나 대중서를 쓴다는 걸 생각한 적이 없다 보니 사람들이 다 아는 얘기 같고, 혹시나 잘못된 영향을 주지 않을까 싶어 수없이 팩트 체크를 하느라 고치고 또 고치길 거듭했죠. 강의에 활용하면서 좋은 예나 아이디어를 추가하기도 하고요. 그렇게 정말 너덜너덜해질 정도로 고쳤어요. 그런데 다 고치고 나니 이번에는 서문 두 쪽을 도저히 못 쓰겠는 거예요. 어떻게 써도 낯간지럽더라고요."

300쪽짜리 책이 서문만 완성하지 못한 채로 몇 해가 흘렸다.

그렇게 수년이 지난 2015년 2월 폭설이 내리던 어느 날, 뜬금없이 함박눈처럼 펑펑 서문이 쏟아지는 체험을 했다고 작가는 전한다. 불안한 마음으로 새로운 출판사에 서문을 포함한 원고를 건네고 반응을 살폈다. 원고를 가져간 이공계 출신의 50대 부사장이 읽다가 눈물을 흘리는 사태가 발생했다. 출판사는 '공대생의 가슴을 울린 시 강의'라는 부제를 붙이자고 했다.

"실제로 학교에서 공대생을 대상으로 강의했는데 반응이 좋았던 건 사실이에요. 그때 강의 내용이 『시를 잊은 그대에게』 초고였죠. 시와 인생 혹은 다른 문화적 레퍼토리와 연결해 글을 써보라는 기말 과제를 냈는데, 학생들이 '내가 시에 대해 글을 쓸 줄 몰랐다'며 놀라워했어요. 종강 날 학생들이 최고의 강의라며 기립 박수를 쳐주기도 했지만, 사실은 제 평생 최고의 강의였습니다."

책 제목은 자신이 진작부터 정해놓은 것이었다는데, 자신이 생각해도 제목은 잘 뽑은 것 같다며 슬쩍 웃었다.

"고대가요나 향가에서부터 시조와 현대시에 이르기까지 양식은 계속 바뀌었지만 '시'가 사라진 적은 없어요. 시는 우리가 즐기고 향유하는 노래와 같죠. 물론 어려운 시는 있지만 시가 어려운 것은 아니에요. 그래서 우선 가장 진입 장벽이 낮은 시, 우리가 이미 배운 시로 다가가려 했죠. '알고 있던 것이 전혀 다른 얼굴로 다가오게 하는 것'이 목표였는데, 어느 정도는 이뤘다고 생각해요."

지금은 시 에세이스트로 이름을 알렸지만, 젊은 시절은 '문학청년'과 거리가 멀었다. 어쩌다 보니 국어교육을 전공하게 됐고, 국문학 수업을 들은 뒤 문학의 세계에 빠져들었다.

"고故 김윤식 교수님 수업을 들으며 '이게 문학의 세계구나' 눈을 떴어요. 그 거목 밑에서 이끼로만 살아도 행복하겠다 싶었죠. 선생님이 연구하지 않은 시 분야를 채우는 것이 내가 해야 할 일이라고 생각했죠."

그러나 그 길도 잘 열리지 않았다. 몇 해 동안 고등학교 국어 교사 생활을 한 뒤 문학이 아닌 문학교육 전공으로 박사학위를 받았다. 살다 보니 이제야 '뜻하지 않은 길도 길'이라는 것을 알았다며, 이런 길을 걸었기에 대중에게 시를 전달하는 책도 쓸 수 있었던 것 같다고 밝게 웃었다.

"전혀 계획하지 않았지만, 교단에 섰던 경험과 학계에서 공부한 것들이 합쳐지며 문학에 대해 조금이나마 말할 수 있게 된 거죠. 지금은 계획대로 인생이 흘러가지 않은 것을 가장 감사하게 생각합니다."

정재찬은 『시를 잊은 그대에게』가 성공을 거두면서 50대에 처음 '작가'로 불리기 시작했다. 작가는 내면에 쓰고 싶은 열정이 넘쳐야 하는데, 자신은 책무에 떠밀려서 쓰는 사람이라 작가라는 호칭이 여전히 낯설다고 했다. 하지만 학생들을 가르치고 대학 내 보직을 겸하면서도 2~3년에 한 권씩 부지런히 썼다.

정재찬의 책은 한 편의 강의처럼 독자를 이해시키고 이끌어가는 힘이 있다. 그는 그 비결로 글을 쓰며 자신의 글을 아주 많이 읽는다고 했다. 쓰고 있는 글이 술술 읽히는지 반복적으로 확인한다고 했다.

"저는 대충 거칠게 써놓고 다듬는 '조각가 스타일'이 아니에요. 나무에서 숲으로, 숲에서 나무로 계속 심고 뽑고 자르고 옮기는 스타일이죠. 한 줄을 쓰면 그 앞부터 다시 읽고, 한 단락을 쓰면 몇 단락 앞부터 다시 읽고, 만족할 때까지 되먹임을 거듭하는 겁니다. 그러다 보니 글 쓰는 속도가 굉장히 더디죠. 제 책이 강의를 옮겨놓은 듯해서 수월하게 쓰였을 거라고 생각하는 분들이 많은데, 수월하게 읽히도록 쓰는 과정은 전혀 수월하지 않답니다."

이렇게 반복해 읽으며 가장 중요하게 여기는 건 글의 '리듬'이다.

"리듬은 '의미의 리듬'일 수도 있고 '형식의 리듬'일 수도 있어요. 일종의 감각이죠. '글을 잘 쓰려면 모든 문장을 짧게 쓰라'라는 식의 말을 싫어해요. 짧은 문장도 있고 긴 문장도 들어가면서 리듬이 생기는 거죠. 그런 균형 감각이 없으면 좋은 글은 쓸 수 없다고 생각해요. 내용이 너무 현학적이거나 너무 통속적이거나, 형식이 너무 멋을 부리거나 너무 단순하면 훌륭한 독자들도 몇 페이지 이상 넘어갈 수가 없어요."

그는 작가는 자기 글의 첫 번째 독자이므로, 글을 잘 쓰기 위해서는 먼저 좋은 글을 많이 읽어 독자로서 좋은 안목을 갖추는 게 우선인 것 같다고 했다.

"작가는 자기 글의 최초 독자잖아요. 독자로서 안목이 후지면 좋은 글을 쓸 수 없어요. 물론 글을 많이 읽는다고 해서 글을 잘 쓰는 게 보장되진 않지만, 글을 많이 읽지 않는다면 좋은 글을 쓸 가능성은 현저히 줄어들 거예요."

그는 작가가 된다는 것은 기본적으로 아무도 읽어주지 않은 초라한 내 글의 첫 번째 독자가 되어주는 일이라며, 그렇기에 무한한 애정을 가지고 스스로 격려하고 비판하며 글을 쓰는 수밖에 없다고 했다. 독자들에게 '시 배달부' 역할을 해온 정재찬은 책을 내며 '문학'과 '문학교육' 사이의 경계선을 고민한다. 순수문학 관점에서는 오히려 이런 책을 환영하지 않을 수 있다고도 생각한다.

"제 책을 보고 문학을 마치 교훈을 얻는 '수단'처럼 여긴다고 얘기하는 사람도 있어요. 하지만 시가 주는 효용을 중시하기에 이런 책을 쓸 수 있었던 것 같아요. 제 정체성은 '문학 교사'에 가까워요. 문학이 사람들의 인생에 도움을 주는 측면을 중요하게 여깁니다."

그는 사람들이 학창 시절에 문학을 배우지만, 그 작품을 각자의 인생과 결부 짓는 경험을 하지 못하기 때문에 문학과 멀어진다고 지적했다. 예컨대 '단 하나뿐인 친구가 배신했을 때 읽어야 할 시' 같은 일상적 접근이 문학의 매력도를 높이는 데 도움을 주지 않겠느냐는 것이다. 많은 사람이 문학을 찾도록 '중개'하는 일을 자신의 역할로 생각하는 그는 한국 시의 세계화를 위한 문을 두드리고, 시가 공익에 기여할 만한 방안도 찾고 있다. 시인들에게 늘 감사하는 마음을 갖는 만큼 빚을 갚는 일도 해나가고 싶다.

그는 '읽는 사람들만 읽는 게 문학'이 된 요즘 현실에 대해 문학교육에서 원인을 찾는다.

"크게 '취향'과 '수준'이라는 두 방향이 있어요. 취향은 내가 좋아하는 것이라면, 수준은 전문성이죠. 우리 교육은 수준을 너무 강조해요. 수준은 높아지는 대신 관심을 잃는 거죠. 지금 교육은 수준을 먼저 높인 뒤 나중에 사회에 나가 각자 취향을 찾으라는 식이에요."

반면에 그는 "취향이 필요한 사람에게 취향을, 수준이 필요한 사람에게 수준을 제공하는 것이 좋겠지만, 하나를 출발점으로 잡아야 한다면 취향이 먼저라고 생각한다"고 했다. 좋아하는 마음이 먼저 생긴 뒤 스스로 수준을 심화하는 것이 바람직하다는 것이다.

이미 '시로부터 도망간' 사람들이 시에 대한 취향을 어떻게 다시 찾을 수 있을까. 그의 말에 따르면 시집 한 권 읽고 곧바로 시에 대한 취향이 생기기를 바라는 건 무리다. 많은 영화를 보고 음반을 듣듯이 시에도 시간과 수업료를 들여야 한다고 했다.

"노래도 많은 곡 중 한 곡이 대박 나는 거잖아요. 고작 한 권 사보고 바로 취향이 생기길 바라면 안 되죠. 아마추어로서 길을 떠나야 한다고 할까요."

그는 인문학의 효용 중 하나는 '성찰'인데, 요즘은 성찰이 사라지고 인문학적 지식의 소유를 과시하는 방식으로 소비되는 경향을 안타까워했다. '쓸모없음의 쓸모 있음'을 알려주는 것이 인문학인데, 요즘 인문학에서조차 '쓸모 있는 것'만 남았다는 것이다.

"그런 의미에서 보자면 그야말로 제일 쓸모없는 게 문학이겠죠. (하지만) 인공지능 시대에 가장 끝까지 남아 우리 인간을 지켜주는 것 또한 문학이 아닐까. 이 시대에 문학을 어떻게 지키고 전해주고 나누어야 할지를 고민하고 있습니다."

정재찬이 말하는 '시의 힘'

공명, 남과 함께 우는 일

공명共鳴은 한자 뜻 그대로 남과 더불어 우는 일이다. 남의 감정에 공명할 수 있는 사회가 건강하다. 시를 가까이하면 공명하는 법을 배울 수 있다. 정호승 시인의 『슬픔이 기쁨에게』처럼 시는 타인에게 무관심한 이들에게 슬픔과 같은 감정을 선물한다. 고통을 모르는 이에게 고통을 느끼게 해주고, 슬픔을 모르는 이에게 슬픔을 느끼게 해준다. 남이 울면 따라 울 수 있는 것, 슬퍼할 줄 아는 사회에는 희망이 있다.

'시詩스타그램'의 가능성

수업을 하며 "여러분, 그 영화 봤어요?", "그 소설 읽었어요?" 물어보면 봤다는 사람이 절반을 넘는 적이 없다. 하지만 시는 그 자리에서 함께 읽고 공유할 수 있다. 신속하고 간결한 것을 선호하는 소셜미디어 시대에 시의 가능성을 생각한다. '인스타그램'에서는 시를 마치 사진처럼 공유할 수 있다. 소셜미디어의 폐해가 많다고 하지만, 잘 이용하면 멀리 있어 직접 닿을 수 없는 타인을 따뜻하게 안아주는 좋은 수단이 될 수 있다.

3

꾸준한 '의지'

1

일단 재밌는 이야기를 쓸 것

인터뷰어: 윤상진

김호연

2022년 한국 출판계는 『불편한 편의점』의 해였다. 2022년 한 해 동안 교보문고와 예스24에서 가장 많이 팔린 책에 선정된 이 소설은 현재까지 1·2권을 합쳐 약 150만 부 이상 판매됐다. 100만 부 이상 판매된 손원평의 『아몬드』와 이미예의 『달러구트 꿈 백화점』 이후 최고 인기 도서다.

서울 청파동 골목의 작은 편의점을 배경으로 하는 『불편한 편의점』은 노숙인 출신 주인공이 동네 주민들의 희로애락이 담긴 사연을 전하는 이야기다. 미국·프랑스·독일·일본을 비롯한 해외 23개국에 번역 판권이 수출되는 등 세계적인 인기를 끌었고, 이후 국내에서 『불편한 편의점』과 비슷한 건물 표지에 따뜻한 이야기를 담은 소설이 연이어 출간됐다. 'K-힐링소설'이라는 새 장르를 열었다는 평가도 받는다.

작가 김호연은 『불편한 편의점』의 후속작으로 소설이 아닌 자신의 작업 일지를 담은 책 『김호연의 작업실』을 출간했다. 『불편한 편의점』을 쓰기까지의 글쓰기 기록을 담은 책. 세계적 베스트셀러 작가는 어떤 방법으로 글을 쓸까. 그를 만나 책의 뒷이야기를 물었다.

김호연은 자신의 정체성을 소설가가 아닌 '스토리텔러'로 정의한다. 그를 소개하는 글은 '영화·만화·소설을 넘나드는 전천후 스토리텔러'로 시작한다. 고려대 인문대학 국어국문학과를 졸업하고, 2001년 영화 시나리오 작가로 사회생활을 시작했다.

"재밌는 이야기를 쓰는 이야기꾼이 되고 싶어 국문과에 진학했지만, 신춘문예는 정해진 문체와 형식이 있는 것 같았죠. 당시엔 영화가 이야기를 다루는 가장 '핫한' 장르였으니 대학 때부터 영화 동아리에서 시나리오를 쓰기 시작했어요."

소설을 다룬 것은 2003년에 출판사 편집자로 취직하면서다. 국내외 수십 권의 소설을 편집해 책으로 만들었다. 인터넷 소설가 귀여니의 『그놈은 멋있었다』 만화를 편집했고, 이후 해외 장르 소설을 편집했다.

"독자들은 다양한 이야기를 즐기고 싶어 하는데, 한국 문학계는 순수문학 중심임을 느꼈죠. 2000년대 중반 히가시노 게이고나 기욤 뮈소의 소설이 한국에서 성공하는 현상을 보면서 미스터리·휴먼드라마·SF 같은 대중이 원하는 장르 소설을 써보자고 생각했어요."

국내 작가들에게 '대중소설을 써보자'는 제안도 종종 했지만, 섭외가 쉽지 않자 직접 소설을 쓸 생각을 하게 됐다. 그렇게 서른세 살 나이에 출판사를 그만두고 인천에 보증금 1,000만 원, 월세 10만 원짜리 작업실을 구해 본격적으로 소설을 집필했다.

하지만 이후 펼쳐진 것은 14년의 무명 생활이었다. 회사를 그만둔 뒤 퇴직금으로 버티며 2년 동안 영화 시나리오 세 편을 썼다. 한 편은 팔리지 않았고, 한 편은 사기를 당했다. 소설 공모전에서는 연거푸 고배를 마셨다.

2013년 『망원동 브라더스』로 세계문학상 우수상을 수상하며 잠시 대중의 관심을 얻었으나, 후속으로 쓴 세 편의 장편소설이 모두 외면당했다. 괴로웠다. "이불에 말려 구타를 당하는 느낌이었"다.

"히가시노 게이고의 작품 같은 준수한 스릴러물을 써보겠다는 각오로 쓴 『파우스터』(2019)마저 부진했을 땐 '재밌는 얘기는 독자들이 알아준다'는 비전이 흔들리더라고요. '난 소설을 쓰면 안 되는구나'라는 생각에 너무 힘들었죠. 생계를 위해 병행했던 시나리오 작업에 매진해야겠다는 생각뿐이었어요."

이후 상업 영화부터 독립 영화까지 다양한 작품의 시나리오를 맡았다. 경력이 쌓이면서 시나리오 작가만으로 직장인 연봉은 벌어들일 만큼 수입도 점차 안정됐다. 하지만 시나리오에 골몰할수록 소설에 대한 미련이 피어올랐다. 특히 편의점을 차린 대학 선배를 만나 구상한 '불편한 편의점'이라는 제목이 머리에 맴돌았다.

"대학 때부터 사회운동만 하던, 인상도 강하고 말투도 거칠던 선배가 편의점을 열었다고 하더라고요. 평생 접객이라곤 해보지 않은 선배였기에 '불편한 편의점'이겠구나 생각하고 방문했는데, 웬걸 자본주의에 충실한 친절한 점주가 되어 있는 거예요. (웃음) 소설을 그만두려고 하니, 그때 생각한 제목이 계속 아른거리더군요."

그렇게 '어쩌면 마지막이 될 수 있는' 소설을 출판사와의 계약도 없이 무작정 쓰기 시작했다. 포기할 수 없던 제목 덕분이었다. 해외 출판계에서 큰 주목을 받은 뒤 연극과 드라마로도 만들어진 이야기의 탄생 비화다.

『불편한 편의점』 출간 직전인 2020년에 펴낸 에세이 『매일 쓰고 다시 쓰고 끝까지 씁니다』를 두고 그는 20년 동안의 '작가로서의 생존기'라고 말했다. 이 책 역시 2019년부터 출간할 출판사를 찾았는데, 일곱 곳에서 거절당하고 여덟 번째 출판사에서 겨우 낼 수 있었다. 그는 글쓰기를 지난한 참호전에 비유한다. '고립'은 그의 글쓰기 제1원칙.

"글쓰기에서 무엇보다 중요한 것은 자신의 페이스를 유지하는 것이더군요. 초고를 쓰는 서너 달 동안은 지방에 작업실을 구해 작업해요. 아내와도 2주에 한 번 만날 정도로 사람들과의 접촉을 줄이죠."

작업실에서는 주로 브릿팝과 록으로 구성된 '노동요'를 들으며 글을 써내려간다. 소설을 쓰는 상상력도 고립에서 나온다. 배경 취재와 캐릭터 설정은 참호에 들어가기 전에 모두 끝내놓는다.

"『불편한 편의점』은 다양한 접객 아르바이트를 했던 경험과 편의점 취재 내용을 조합해 만든 이야기예요. 상상력으로 취재 이상의 결과를 만들어내는 거죠."

김호연의 '참호전' 루틴은 이렇다. 매일 아침 한 시간씩 걸어서 작업실로 출근하며 그날의 집필 내용을 정리한다. 작업실에 도착한 뒤엔 평범한 직장인처럼 이메일을 확인하고 웹 서핑을 하는 데 한 시간 정도를 쓴다. 그다음은 '오늘의 노동요'를 세팅하는 시간. 플레이리스트 선정까지 완료되면 본격적으로 글을 써내려간다. 한 시간쯤 글을 쓰면 커피를 마시며 독서를 하거나 스마트폰을 보며 휴식을 취한다.

정오 무렵엔 '글쓰기의 필살기'인 산책이 필수. 그는 산

책에서 글쓰기의 길을 찾는다고 했다. 제주의 중산간 길에서 『연적』의 클라이맥스가, 대전의 갑천 산책로에서 『파우스터』의 반전 아이디어가 떠올랐다. 다시 작업실로 돌아온 뒤엔 분량과 내용이 만족스러울 때까지 글쓰기를 반복한다. 배부른 느낌이 작업을 방해하기 때문에 아침과 점심은 먹지 않는다. 단순하면서도 지루한 일상이다.

『불편한 편의점』의 성공 이후 한국 출판계엔 'K-힐링'이라는 새로운 장르가 생겨났다. 편의점, 서점, 사진관 등 일상적 공간에서 벌어지는 소소한 이야기를 통해 고단한 삶에 지친 현대인을 위로하는 작품이 유행하고 있다. 한때 서점 베스트셀러 매대가 『불편한 편의점』과 비슷한 표지의 책으로 가득 채워지기도 했다. 초록색 나무로 둘러싸인 일상적인 공간에 놓인 여유로워 보이는 인물들을 따뜻한 온도의 파스텔톤으로 채색한 그림이 어느 서점에서나 눈에 띄었다.

세계에서도 한국형 힐링이 통한 걸까. 편의점에 익숙한 일본과 중국을 비롯해 23개국에 판권이 수출됐다. 영미권 최대 규모 출판사인 하퍼콜린스와 계약을 맺었다. 대

만에서는 10만 부 이상 팔리며 번역문학 부문 베스트셀러 1위에 올랐다. 해외 장르문학을 보고 글을 쓰기로 결심한 그가 새로운 장르를 만들어 해외로 역수출한 것이다. 그는 긴 무명 생활 끝에 '휴먼 드라마'라는 자신의 장르를 찾았다고 했다.

"제 소설은 평론과 문단의 상을 받는 소설은 아니에요. 제 강점은 '사람 사는 얘기'에 있어요. 2015년에 썼던 두 번째 소설 『연적』이 세상에서 제일 재밌고 영화로 만들면 대박이 날 줄 알았지만 정작 호불호가 갈리더군요. 상업 소설 작가로서 대중적 만족을 주는 것도 훈련이 필요한 일이에요."

대중에게 읽히는 소설을 쓰기 위해서는 무엇이 가장 중요한지 물었다. 문체를 가장 많이 고민한다는 대답이 돌아왔다.

"심오한 문장과 아름답게 배경을 묘사하는 것도 중요하지만 제 도구는 아니에요. 제 목표는 독자들이 쉽게 소설을 읽는 거죠. 항상 가독성 있는 문체를 발굴하려고 노력해요. 각운을 어떻게 쓸지도 고민하고요."

일단 재밌는 이야기를 쓸 것, 그 이야기로 납득할 만한 결말을 제공할 것. 그가 설명한 소설 쓰기의 원칙이다. 새 소설을 시작할 거라는 그에게 작업실이 어딘지 물었다. 그는 "고립을 위해 가족과 편집자 외엔 비밀"이라며 대신 앞으로의 계획을 설명했다.

"이야기꾼으로 살길을 찾기까지 14년이 걸렸어요. 『불편한 편의점』의 성공 이후 압박도 있지만, 제 글쓰기는 달라진 게 없어요. 소설의 세계관을 재밌게 즐기고, 그 안에서 타인에게 공감할 수 있으면 좋겠다는 바람으로 늘 글을 쓰죠. 그게 제가 잘할 수 있는 장르예요. 독자들과 소통할 수 있는 기회가 늘어났으니 까불지 않고 독자들의 사랑에 보답할 겁니다."

그렇게 수개월의 고립에 다시 들어간 그는 2024년 4월 꿈과 희망을 좇는 사람들의 이야기를 담은 소설 『나의 돈키호테』를 냈다. 또 하나의 김호연식 '휴먼 스토리'다.

나를 견디게 해준 문장

"글쓰기는 한번 배우면 반복적으로 사용할 수 있는 자동차 정비와는 다르다. 훌륭한 글을 쓰기 위해선 새 시나리오를 쓸 때마다 글쓰기를 배운다는 심정으로 임해야 한다."

— 켄 댄시거 미국 뉴욕대 영화학과 교수의 책 『얼터너티브 시나리오』 중에서

이럴 땐 이런 노래

'노동요'는 글쓰기에 추동력이 된다. 감정이 깊은 대사를 써야 할 때는 영국 가수 아델의 앨범 《19》《21》《25》를 듣는다. 퇴고할 때 주로 듣는 음악은 미국 밴드 위저의 《위저》(그린 앨범). 영국 밴드 오아시스의 앨범 《타임 플라이스》는 감정을 고양한다. 정말 글이 안 풀릴 때 꺼내 듣는 '필살기'다.

재밌는 이야기는 어떻게 쓰는가

대책은 무조건 많이 읽을 것. 쓰고 싶은 소설이 정해지면 꾸준히 습작해 한 편을 완성한다. 습작품의 부족한 점을 알아내는 '감식안'을 가지기 위해 작법서를 읽는다. 고칠 점을 파악한 뒤 다시 쓴다. 읽는다. 분석한다. 다시 쓴다. 무한 반복을 거쳐 작품의 질을 높인다.

독자와 함께 읽고 싶은 소설

소설을 쓰는 데 가장 좋은 공부는 소설 읽기다. 스콧 스미스가 쓴 『심플 플랜』은 범죄 스릴러 플롯 속에서 인간성이라는 주제를 깊이 파고든다. 사라 헤이우드의 『캑터스』와 차무진의 『인더백』도 추천한다. 『캑터스』에서는 캐릭터 설정을, 『인더백』에서는 장르를 자유자재로 활용하는 스토리텔링의 힘을 배울 수 있다.

좋은 제목이란 무엇인가

이름이 당신을 대변하듯 제목은 작품의 내용을 대변해야 한다. 여기에 궁금증까지 들게 만드는 제목이라면 힘이 세다. 『선량한 차별주의자』, 『친밀한 이방인』, 『밝은 밤』 등 수많은 책의 제목에 궁금증을 유발하는 아이러니가 담겨 있다. 제목이라는 표어를 먼저 붙이고 작품을 써야 일관성을 유지할 수 있다.

2

인터뷰어 : 이영관

'개미' 같은 성실함과 '해피 엔딩'에 대한 낙관으로

베르나르 베르베르

프랑스 소설가 베르나르 베르베르의 새해는 늦가을에 시작된다. 10월의 첫 수요일. 그가 매년 신간을 내는 날이다. 1991년 프랑스에서 첫 소설 『개미』를 출간한 직후 이런 목표를 세웠고, 30년 넘게 지켜왔다.

"저에 대해 말할 때 무엇보다 '규칙적이다'라는 표현을 선호합니다. 제가 중요하게 생각하는 것은 매해 책 한 권을 내고, 매일 아침 네 시간 동안 적어도 열 장 분량의 글을 규칙적으로 쓰는 것이죠. 규칙성과 끈기, 이 두 가지를 잘만 훈련한다면 더 빨리, 더 멀리 나아갈 수 있다고 믿습니다."

베르베르는 '한국인이 가장 사랑하는 프랑스 작가'로 알려져 있다. 『개미』, 『타나토노트』, 『뇌』, 『신』을 비롯한 저작이 35개 언어로 번역돼 3,000만 부 이상 팔렸다. 국내에서만 57권이 번역 출간됐고, 국내 판매량을 합치면 약 1,300만 부다. 그러나 이런 숫자로 베르베르의 삶을 온전히 담아낼 수는 없다. '성실한 개미'라는 표현보다 그를 설명하기에 적절한 단어는 없는 듯하다.

2023년 그를 두 번에 걸쳐 만났다. 5월 프랑스 파리에서 지내는 그를 서면으로 인터뷰했고, 그다음 달 신작 장편소설 『꿀벌의 예언』 국내 출간 기념 기자간담회에서는 얼굴을 마주했다.

유년 시절부터 크게 느낀 '불안'이 작가로서 베르베르를 키웠다. 학창 시절 성적이 좋지 않았다. 기억력이 좋지 않아 수업을 열심히 들어도 정보를 암기하지 못해서다. 몸도 병약했다. 아홉 살엔 관절이 서서히 굳는 '강직 척추염'에 걸렸다. 통증이 심해질 때면 지팡이를 짚고 다녀야만 했다. 거동이 불편했던 그는 책상에 앉아 생각했다. 모자란 기억을 상상력으로 대체하기 위해 끊임없이 상상했다. 풀리지 않는 문제가 있어도 상상을 통해 문제에서 벗어날 수 있었다. 실제로 존재하지 않는 세계를 떠올리고, 종이에 그림을 그리며 이야기를 만들었다.

교실 한편에서 시작된 소년의 상상은 걷잡을 수 없이 뻗어나갔다. 여덟 살 때 작문 과제로 쓴 「벼룩의 추억」이라는 글이 훗날 소설 『개미』의 초고가 되었다. 개미는 베르베르의 삶과 함께하며 그를 키운 생명체다. 유년 시절부터 온종일 개미를 관찰했다. 열여섯 살부터는 매일 아침 하루 열 장씩 글을 썼다. 대학 졸업 이후 시사 주간지 과학 기자로 활동하면서는 개미에 관한 평론을 발표하기도 했다. 20여 년간 120번 가까이 개작을 거친 끝에 『개미』를 프랑스에서 출간했다. 꾸준함과 노력이 만들어낸 시작이었다.

베르베르의 소설은 개미를 비롯해 인간 외 생명체를 중심에 두기도 하고, 죽음과 우주를 주제로 방대한 세계를 그리기도 한다. 그러나 먼 미래에 대한 상상이라도 현실과 떨어져 있지 않다. 그가 끝없이 상상하는 이유는 지금의 문제에 답하기 위해서다.

"우리가 오늘날 고민하는 정치적인 문제는 대다수가 예

부터 존재했어요. 예를 들어 전쟁은 과거부터 오래 반복된 일입니다. 사태가 최악의 국면을 맞이하지 않도록 이전과는 다른 해결책을 제시할 수 있어야 해요. 새로운 해법을 통해 이전과는 다른 결과를 만드는 것이 바로 상상의 힘입니다."

어떻게 그는 매일 같이 상상을 계속하는 걸까. 지난밤에 꾼 꿈에 해답이 있다. 베르베르는 매일 아침 일어나서 지난밤 꿈의 내용부터 기록한다.

"꿈이야말로 수많은 날것의 이야기가 들어 있는 글의 보고라고 생각해요."

그는 꿈의 내용을 기억하고 그 의미를 고민하는 행위가 의식과 무의식의 연결 상태를 유지하도록 돕는다고 여긴다. 매일 아침 꿈을 기록하며 시작하는 그의 일상은 상당히 규격화돼 있다. 매일 글을 쓰는 시간과 분량이 단순한 규칙으로 짜여 있다. 오전 8시부터 오후 12시 30분까지 한 차례 글을 쓰고, 오후 6시부터 7시까지 남은 생각을 더 쓴다. 분량은 하루 열 장. 아무리 아이디어가 많더라도 이 분량과 시간을 넘기지 않는다. 아쉬움은 다음 날

더 열심히 글을 쓰는 동력이 된다는 이유에서다.

매년 신간을 내는 시기를 10월 첫 수요일로 삼은 이유도 실용적이다. 프랑스에서는 문학 시상식이 9월에 몰려 있어서 모든 행사가 끝나고 한 달 후가 책 출간에 적기라는 것. 그리고 9월 18일이 생일인데 그즈음 신간이 제작을 마치고 손에 들어오도록 하면 출간일을 직관적으로 기억하기가 쉽다고 한다.

베르베르의 삶과 소설을 곱씹다 보면 이런 의문이 든다. 그는 수명이 늘어나 더욱 행복해진 인류를 그린 단편소설 「해피 엔딩」을 비롯해 많은 작품에서 희망찬 미래를 꿈꾸지만, 우리의 삶은 어떤가. 매일 같이 반복되는 삶의 현장에서 비관적인 오늘과 내일을 마주하지는 않는가. 베르베르는 이런 생각을 지닌 이들에게 "객관적인 시각을 견지한다면 조금씩 나아질 것이라고 말해주고 싶다"고 했다.

"세상이 갈수록 살기 힘든 곳으로 변해간다는 느낌을 받지만, 객관적으로 보면 반대입니다. 당장 중세의 흑사병과 현대의 코로나에 대한 대응 방식만 비교하더라도 우리 시대가 뛰어나죠. 악화일로를 걷는 기분이 들더라도 세상을 객관적으로 바라보아야 합니다. 거시적으로 봤을 때 우리 삶이 부모 세대 삶보다 훨씬 행복하지 않을까요."

다만 베르베르의 소설도 신작을 내기만 하면 성공했던 과거와는 다르다. 『개미』, 『타나토노트』 등 그의 이름을 각인시켰던 초기작이 지금까지 대표작으로 꼽힌다. 일부 독자로부터 예전만큼 참신하지 못하다는 비판도 받는다. 그는 이에 대해 다루는 소재가 다양해질수록 서로 다른 책들의 교집합도 많아질 수밖에 없다며 문제라고 인식하지 않는다고 말했다.

"책에서 체스나 개미에 관한 이야기를 자주 하는 편인데, 이런 요소는 일종의 이스터에그(제작자가 작품에 숨겨놓은 메시지)로 기능한다고 봐요. 이미 사용했던 소재를 다시 가져와서 이전과는 다른 방식으로 재가공하는 경우도 종종 있죠. 따라서 독자들이 간혹 기시감을 느낄 수도 있는데, 어떤 소재를 이전과 동일한 방식으로 재생산한 경우는 없습니다."

베르베르의 고민은 세간의 비판이 아닌 작가라는 직업의 본질로 향한다. 그는 "직업에 대한 확신이 없다"고 했다. 작품 활동 30년이 넘은 작가의 지나친 겸손은 아닐까.

"솔직히 말하자면 신간을 낼 때마다 이 책이 세상에 나올 만한 가치가 있는지 확신이 안 서요. 독자들을 만나 사인하고, 해외 기자들과 인터뷰하는 순간이 되어서야 저의 글에 대한 타인의 감상을 실감하고 스스로에 대한 평가를 내리게 됩니다. 독자들과의 만남을 떠올림으로써 불안을 극복하고, 그 힘으로 날마다 꾸준히 글을 써나갑니다."

그는 오직 펜을 잡고 상상의 세계를 뻗어나가는 지금이 멈추지 않기를 희망할 뿐이다.

"제게 책을 매년 한 권씩 내라고 강요하는 사람은 아무도 없어요. 어디까지나 제 선택이죠. 저는 뇌의 생산성을 늘 일정하게 유지하려고 노력하고, 그 기능을 상실할 순간을 두려워합니다. 뇌가 기능하는 한 그 잠재력을 새로운 세계관을 창조하는 데 최대한 활용하고 싶어요. 삶의 끝에 다다라 결국 충분히 많은 세계를 만들지 못했다는 후회를 남기고 싶지는 않습니다."

과거 베르베르는 한 언론과의 인터뷰에서 "나는 굉장히 고독한 사람이다. 그래서 나의 영혼이 고독 속에서 일할 수 있는 직업을 갖게 한 게 아닌가 싶다"고 말한 적이 있다. 오랜 시간이 지난 지금, 글쓰기는 그의 고독한 영혼을 어떻게 바꿨을지 궁금했다. 베르베르는 2024년 한국에서 번역 출간한 소설 『퀸의 대각선La Diagonale des reines』(전2권)을 예로 들며 답했다.

"『퀸의 대각선』에서 다루는 주제는 '우리는 혼자일 때가 나은가, 함께할 때가 나은가'입니다. 저도 이 딜레마에 빠져 있어요. 저는 혼자가 좋지만, 한편으로는 타인과 호흡을 맞추는 게 필요한 사람이에요. 글은 혼자서 쓰지만 사람들에 둘러싸여 있습니다. 소설에 필요한 자료를 혼자 취재하지만 동시에 다른 사람을 인터뷰하기도 하죠. 소설에 등장하는 주인공 외톨이 모니카와 사회성 좋은 니콜, 두 사람이 모두 제 안에 공존합니다."

2023년 6월 베르베르를 눈앞에서 만났을 때 당황했던 일화가 생각난다. 기자회견장에 나타난 그는 갑자기 기자들을 향해 휴대전화를 꺼내어 사진을 찍었다. 기자들이 잔뜩 모인 광경이 신기했던 모양인데, 기자가 촬영 대상이 되는 건 흔한 일은 아니었다. 이내 베르베르는 아무렇지 않은 듯 책상에 앉아 말을 이었다. 그 찰나의 순간에 기자회견의 주도권이 기자들에게서 베르베르로 넘어갔다. 고독하게 개미를 관찰하던 소년은 이제 쏟아지는 시선을 즐길 수 있게 된 듯했다.

인생을 바꾼 작가

『듄』 시리즈를 쓴 프랭크 허버트, 『파운데이션』 시리즈의 아이작 아시모프, 그리고 『유빅』의 필립 K. 딕을 스승으로 생각한다. 그중 가장 존경하는 작가는 필립 K. 딕이다. 딕은 시대를 앞서가는 사고의 소유자였다. 그의 작품을 읽으면서 '현실이란 무엇인가?'처럼 한 번도 해보지 않았던 질문을 하게 되었다. 매일 저녁 한 시간씩 놀라운 결말을 가진 짧은 글을 쓰기로 결심한 계기이기도 하다.

'글쓰기의 템포'를 다루는 비법

글쓰기는 '작곡'처럼 템포를 가지고 장난을 치는 것이다. 템포를 잘 다루려면 꾸준한 훈련이 필요하다. 내 글을 지속적으로 돌아보고 개선할 점을 찾으려고 노력하는 동시에 주변에서 일어나는 일에도 관심을 기울일 줄 알아야 한다. 요즘 'KMD'라는 미국 힙합 트리오의 음악을 즐겨 듣는다. 즐겨 듣는 음악 장르를 자주 바꾸는 편인데, 이는 새로운 영감을 찾고 새로운 세계관을 설계하는 데 많은 힌트가 된다.

3

우리의 웃기고 슬픈 일상

이슬아

오얏 리李, 큰 거문고 슬瑟, 예쁠 아娥. '이슬아'라는 이름은 현재 대한민국 20~30대 여성 독자들이 가장 열광하는 브랜드다. 그는 2023년 여름 온라인 서점 예스24가 회원 40만 명을 대상으로 실시한 투표에서 '2023 한국 문학의 미래가 될 젊은 작가' 1위에 올랐다. 2018년 첫 단행본을 낸 이후 2023년 7월까지 산문집 『끝내주는 인생』을 포함해 모두 13권을 썼다. 첫 책 『일간 이슬아 수필집』이 6만 부 가까이 팔렸고, 2022년 10월 낸 첫 장편소설 『가녀장의 시대』는 출간 한 달 만에 1만 부 넘게 팔리며 최근 14쇄를 찍었고, 소설을 원작으로 한 드라마를 제작 중이다. 지금까지 낸 책 판매 부수를 모두 합치면 30만 부 이상. 인스타그램 팔로워만 10만 1,000명. 책 출간, 북토크, 취미로 하는 악기 연주 등 일거수일투족이 관심을 모으는 이른바 '셀럽'이다.

2023년 7월 서울 광화문에서 이슬아를 만나 물었다. 당신은 왜 유명하고 인기가 있을까. 길고 검은 생머리에 빨간 입술, 쌍꺼풀 없는 눈을 다부지게 뜬 이 1992년생 작가의 대답은 명쾌했다. 스스로를 어떻게 보이게 할까 연구하는 일이 어렵지 않았다는 것이다.

"저는 '브랜드'라는 말을 생각하고 활동한 게 아닌데 여기저기서 '브랜딩'이라는 키워드로 저를 불러서 처음엔 어리둥절했어요. 어떤 글을 쓰는지만큼이나, 어떤 이미지를 가진 작가인가에 대한 관심이 지대한 시대 같아요. 물론 그런 시대의 그늘도 있지만, 저는 매체의 변화를 편안하게 타고 왔어요. 어릴 때는 싸이월드가 유행했고, 10대 땐 네이버 블로그, 20대 초반엔 페이스북, 그 이후엔 인스타그램…… 그 흐름에 서핑하듯 올라탄 것 같아요."

이 MZ 세대 작가에게 소셜미디어는 아날로그 세상의 글쓰기와 마찬가지로 하나의 무대다. 이슬아는 소셜미디어에서 마음이 이완되어 있다고 했다. 무대에서 별로 긴장하지 않는 것처럼 편안하게 활동한다고.

"20대 초반, 작가로 데뷔하기 전에 매일매일 철봉에서 턱걸이하는 영상을 올렸던 적이 있어요. 턱걸이를 하나도 못 하는데 죽기 전에 하나라도 해보고 싶어서 매일 어떻게 발전하는지를 보여주려고 턱걸이하는 모습을 조금씩 공개했죠. 처음부터 끝까지 끝내 한 개도 못 했지만 사람들이 재미있게 시청하는 걸 보면서 '아, 사람들은 누군가가 못하더라도 계속하는 걸 좋아하는구나. 사람들에겐 응원하고 싶은 본능도 크구나' 깨달았어요. 글을 쓰다 보면 잘 쓰는 날도, 못 쓰는 날도 있는데 그 과정까지도 이해되리라는 용기를 얻었어요. 이제는 예전처럼 소셜미디어를 하는 게 엄청나게 재미있거나 짜릿하지는 않아요. 일이 된 측면이 커요. 정말 소중한 이야기를 소셜미디어에 올리지 않기 때문에 오히려 저 자신을 지킬 수 있는 부분이 있어요."

2014년 단편소설로 한 잡지사의 문학상을 받긴 했지만, 문예창작과 출신이 주류인 이른바 '문단 작가'들과는 궤적이 다르다. 대안학교 출신에 열여덟 살 때부터 7년간 청소년 여행학교 로드스꼴라 교사 김현아가 운영하는

'어딘글방'에서 글쓰기를 배웠다. 매주 글감을 받아 글을 쓰고, 학생들끼리 돌려보며 합평했다. 1, 2등을 가리긴 어려웠지만 어떤 글이 매력적인지, 어떤 게 더 끝내주고 덜 끝내주는지는 확연히 알 수 있었다. 열등감과 질투로 점철된 시기였다. 그는 "내가 나로 태어난 게 너무 싫었던 7년"이었다고 말하면서도 "눈물로 범벅된 그 치열한 경쟁의 나날을 통해 성장했다"고 말했다.

"제가 당시에 썼던 글들은 칙릿 소설과 비슷한 스타일이었어요. 선생님은 '그것도 좋지만 그게 너의 한계라 생각하지 마라'고 했죠. 끝내주게 문학적인 문학을 하라고 요구했고, 아주 많이 읽으라고 했어요. 동료의 성공을 진심으로 축하하는 법도 '빡세게' 가르쳤어요."

당시 함께 배웠던 동료들이 영화감독 이길보라, 과학사 연구자이기도 한 하미나 등 요즘 출판계에서 주목받는 1990년대생 여성 작가들이다.

스스로를 '상인商人의 딸'이라 칭한다. '연재노동자'라 부르기도 한다. "생계는 숭고하기 때문"이라고 이슬아는 말했다.

"출판계를 처음 경험하며 놀랐던 부분이 작가도, 출판사도 돈 이야기를 너무 안 한다는 점이었어요. 작가도 한 명의 노동자예요. 원고료를 받아야 글을 쓸 수 있어요. 원고료를 빨리 받으려고 '연재노동자'라는 말을 만들어 쓰기 시작했죠. 그 덕인지 요즘은 분위기가 많이 달라졌어요."

작가는 으레 책상물림이라는 고정관념은 그에게 적용되지 않는다. 이슬아는 생활비를 벌기 위해 누드모델, 글쓰기 교사 등 부업을 닥치는 대로 했다. 2018년 대학 학자금 대출을 갚기 위해 편당 500원을 받고 매일 자신의 글을 구독자에게 보내주는 메일링 서비스 '일간 이슬아'를 시작했다. 단정하면서 웃기고, 담백하면서 슬픈 글에 독자들이 반응했다. 1년 만에 대출금 2,500만 원을 다 갚았다.

"생계에 대한 근성이나 맷집이 좀 강한 편이에요. 생활비를 벌어야 한다는 생각을 열아홉 살 때부터 했으니까요. 생계가 중요하니 '어떻게 해서 돈을 좀 더 벌지?', '부업을 어떻게 더 늘리지?' 생각하면서 여러 일을 계속했어요. '일간 이슬아'도 부업을 늘리려다 시작한 거예요.

엄마 아빠가 계속 블루칼라 노동자로 평생직장 없이 이 직업 저 직업을 유연하게 적응하며 살았기 때문에 저도 '그렇게 살면 되는구나' 생각했어요. 제도권 바깥에서 성장해서인지 틈새시장을 노리는 경향이 있어요. 틈새시장을 노린 것, 열심히 한 것, 운이 따른 것 등이 겹쳐 여기까지 온 것 같아요."

현실에 발을 딛고 있는 생존력과 생명력이 이슬아 글의 개성이자 매력이다. 추상적이고 모호하거나, 발이 붕 떠 있는 듯한 느낌과는 거리가 멀다. 하지만 막상 책을 읽을 때는 "아스라한 느낌을 주는 작가들", 아름답고 추상적인 글을 쓰는 유명한 작가들을 좋아한다고 했다. SF 작가들을 무척 부러워하고 『왕좌의 게임』이나 『반지의 제왕』 같은 걸 쓰고 싶었던 적도 있다고 했다.

"그런데 저는 존재하지 않는 세계를 만들어내는 데는 소질이 없더라고요. 그 점이 오랫동안 콤플렉스였어요. 나는 보고, 듣고, 만질 수 있는 것에서 출발해야만 한다는 걸 받아들이기까지 오래 걸렸죠. 지금은 잘할 수 있는 걸 잘하자고 생각해요."

이슬아가 생각하는 자신의 주요 독자는 엄마, 할머니, 그리고 그가 가르친 10대들이다. 그들이 '이슬아 월드'의 구체성과 현실성의 근원이라 여긴다. 양가 할머니 두 분이 모두 글을 읽지 못하셔서 낭독해드려야 하는데, 자신이 쓴 모든 책은 듣고 바로 이해하는 데 무리가 없다는 점이 자랑스럽다고 했다. 수년간 10대들에게 글쓰기를 가르치면서 자신이 쓴 글을 읽게 하는데, 그들에게도 더욱 다가가고 싶다고도 말했다.

책을 적게 읽는 독자에게도, 많이 읽는 독자에게도 좋은 이야기를 주고 싶은 욕망. 그래서 글의 난이도 조절이 어렵다. 강연도 종종 하는데 20~30대 여성이 대다수지만, 중년 여성도 많이 온다고. 강연장에서 할머니들을 만날 때가 제일 신나고 감사하다며, 어떻게 자신을 알고 오게 되었는지를 궁금해했다.

나이에 비해 인생의 서사가 뚜렷한 작가다. '사람들은 당신의 캐릭터를 좋아하는 걸까, 글을 좋아하는 걸까, 아니면 둘 다 좋아하는 걸까' 하는 질문에 그는 잠시 고민하다가 답했다. 만일 필명을 사용하고 얼굴을 소셜미디어에 공개하지 않고 활동했다면 어땠을까 생각해본 적도 있지만, 그렇게 살아보지 않아서 모르겠다고.

"어떻게 해서든지 읽히면 다행이라고 생각하는 것이 저의 최선인 것 같아요. 이런저런 셀러브리티가 많은 시대지만, 독자들은 바보가 아니라서 글이 늘지 않으면 냉정하게 돌아서요. 글로서도 냉정하게 평가받고 있다고 느껴요. 독자들이 똑똑하고 영민하다는 생각을 많이 해요. 그래서 '어떻게 늘지', '어떻게 더 잘 쓰지'가 항상 가장 큰 고민이에요. 조금이라도 헐렁하게 쓰면 '전작에 비해 날이 무뎌진 것 같다'는 리뷰가 온라인에 올라와요. 제가 캐릭터만으로 평가받고 있다면 그런 기대를 하지 않겠죠. 그래서 계속 글로 성장해야겠다는 생각을 가지고 있어요."

소설 『가녀장의 시대』는 부모님을 직원으로 고용해 출판사를 운영 중인 자신의 이야기를 바탕으로 했다. 독특한 아이디어의 근원은 일상에 대한 관찰력이다.

"어느 날 아침, 제가 주간지를 읽고 있는데 아빠는 청소기를 밀고 엄마는 밥을 하고 계시더라고요. 그 풍경을 보니 제가 꼭 돈 벌어온다고 유세 떠는 옛날 드라마에 나오는 아버지 같은 거예요. 깨달았어요. 어떤 집단에서 한 사람이 힘을 가지면 그 집단의 문제가 해결되는 긍정적인 부분도 있지만, 권력의 속성이라는 건 모든 젠더가 조심해야 하는 부분이구나. 내가 돈을 벌고 있어 이 가정 내에서 힘을 얻었는데, 이 알량한 힘을 잘 쓰고 있는지 모르겠다……. 가부장의 구도를 바꾸고, 가족끼리 어떻게 좋은 팀이자 동업자가 될 수 있는지 탐구해보자는 생각이 들었어요."

그렇게 탄생한 소설을 그의 부모님은 폭소를 터뜨리며 읽었다고 한다.

"본인들이 그 소설 속 캐릭터라고 생각하지 않으시더라고요. 이야기니까요. 문학이라는 것이 작가의 편집이 들어가는 순간 현실이 아니라 바로 가공된 캐릭터가 되는 걸 알고 계시기 때문에 저항감을 느끼기보다는 웃긴 소설이라 여기셨던 것 같아요."

젠더 역할뿐 아니라 부모 자식 간 역할도 전복한 이 도발적인 소설의 시나리오 작업도 직접 한다. '노희경 키드'로 자랐고, 인정옥 작가 드라마를 좋아해 언젠가는 드라마

각본을 쓰고 싶다고 생각했던 그에게 기회가 온 것이다.

"고전하며 하고 있어요. 제가 글을 썼을 때 어렵다는 말을 들어본 적이 없는데, 무슨 말인지 알기 쉽게 쓴다는 게 제 장점이라 생각했는데, 각본을 쓰니 '어렵다'고 하더라고요. 충격이었지만 덕분에 '내가 더 쉬워질 수 있나? 있구나!'라는 걸 알게 되었죠. 바쁜 시청자들 마음을 10초 안에 사로잡을 수 있도록 더 쉽고, 자극적으로 쓰는 방법을 고민 중이에요. 시나리오 작업을 하게 되면서 사람들을 만나면 말의 멜로디를 유심히 관찰해요. 드라마 대사에는 전형적인 음가가 있거든요."

알아듣기 쉬운 것과 함께 '웃긴데 슬픈 것'이 자신의 글의 장점이라 생각한다고 이슬아는 말했다.

"리뷰를 읽으면 웃다가 울었다, 울다가 웃었다, 이런 평들이 공존해요. 저는 늘 글로 웃기는 것에 관심이 많았어요. 제 글을 읽고 사람들이 킥킥대는 순간을 기다리며 썼던 것 같아요. 글로 웃기는 건 어렵지만…… 좋잖아요, 웃으면. 재미있는 건 소중하니까요. 기쁨과 슬픔이란 어우러져 있어요. 저만 해도 살아갈수록 슬픔 속의 유머,

유머 속의 슬픔이 늘어나는 것 같아요."

30대 초반에 인생의 비의를 어떻게 벌써 깨칠 수 있었느냐 물으니 이슬아는 눈을 동그랗게 뜨며 말했다.

"하지만 초등학생들도 아는걸요. 엄청 잘 알아요. 어린이들이 글을 쓴 걸 보면 진짜 슬퍼요. 유머 속의 슬픔, 슬픔 속의 유머는 그때부터 아는 거예요. 앞으로 더 잘 알게 되겠죠. 저나, 어린이들이나."

웃음에 울음을, 울음에 웃음을 버무리며 이슬아는 쉬지 않고 쓴다. 많은 작가가 '왜 쓰느냐'는 질문 앞에서 오래 생각하지만, 그는 오히려 그 질문에 답하기는 쉽다고 했다.

"더 잘하고 싶어서 계속 써요. '더 잘할 수 있는데'라는 생각을 끊임없이 하죠. 사람들이 책을 펼칠 때 기대하는 건 어떤 탁월함이라고 생각해요. 그 탁월함을, 문장으로 빼어나게 쓰고 싶어요."

밤새워서 쓰는 글은 좋지 않다

기다리는 독자들이 있다는 행운 속에서 살아가는 게 좋으면서도 무섭다. 마감이 반복되면 글은 자연스레 느는 것이 아닌가. 마감과 함께 살아가는 일의 관성을 믿는 편이다. 보통 청소와 운동을 한 다음 늦은 오후에 글을 쓰기 시작한다. 밤새우지 않는다. 새벽에 쓰는 글이 별로 좋지 않고, 밤을 새운 여파가 다음 날까지 이어지더라.

작가가 되려면 푸시업을 열심히

윗몸일으키기랑 플랭크와 스쿼트를 열심히 해야 한다. 어차피 작가가 되는 길에 왕도는 없고, 글쓰기 공부는 알아서 하는 건데, 코어 근육이 없으면 통증 속에서 이 일을 하게 된다. 작가가 되고 싶다는 10대들에게 스쿼트, 푸시업, 플랭크, 윗몸일으키기, 데드리프트 5종을 열심히 하라고 한다. 이것만 하면 출발할 수 있다고. 작가의 자질은 근육이다.

좋은 글이란 '그럼에도 살고 싶어지는' 글

미야자키 하야오가 저서 『책으로 가는 문』에서 "어린이에게 좋은 책이란 '태어나기 잘했다'라고 느끼게 하는 책"이라고 말한 적이 있다. 나는 그 이야기가 어린이문학에만 한정된다고 생각하지 않는다. 독자들이 '삶에서 고단한 날이 더 많지만, 그래도 태어나서 이 모든 걸 겪는 게 좋구나' 느끼게 하는 글을 쓰고 싶다. 독자들이 "오늘을 살아내는 게 너무 버거웠는데 이슬아 책의 한 구절 덕에 하루를 견딜 힘을 얻었다"고 할 때마다 '살고 싶어지는 글'을 쓰고 싶다고 생각한다.

4

인터뷰어 : 이영관

'어디'로 가고 있는지 모르지만 여기 '뭔가'가 있으니까

장류진

화창한 오후, 차가 막혀 도로에 갇혀 있다고 상상해보자. 게다가 길을 잘못 들었다면? 두 가지 선택지가 있다. 서둘러 유턴해서 분기점으로 돌아가거나, 이왕 온 김에 새 길을 찾아보거나. 아마 소설가 장류진의 선택은 후자일 테다.

장롱 면허를 탈출한 지 6년, 그럼에도 운전하다가 길에서 헤매는 일이 잦다. 차 안에서 답답한 마음은 커져가지만, 이런저런 생각이 끊이지 않는다. '왜 나는 이 모양일까. 예전에도 여기서 길을 잃었는데. 항상 헷갈려. 맞네, 그러고 보니…….' 어느새 꽉 막힌 도로를 지나 목적지에 도착했다. 나름 유쾌하게 도로를 탈출한 셈이다.

장류진이 걸어온 길도 비슷하다. 방향을 정해두기보다는 당면한 현실에 집중해 움직였다. 2018년 단편소설 「일의 기쁨과 슬픔」으로 창비신인소설상을 받아 등단했을 때, 그는 경력직으로 두 번째 회사에 입사한 직후였다. 대학에서 사회학을 전공한 뒤 7년간 몸담은 첫 직장은 판교 IT 회사. 평일엔 판교 직장인, 주말엔 소설 수업을 들으며 습작생으로 지냈다. 독서는 늘 좋아했지만, 소설 쓰기의 즐거움은 그때 처음 느꼈다. 서른 살 넘어 첫 직장을 그만두고 국문과 대학원에 진학한 이유다.

화려한 시작이었다. 출판사 홈페이지에 공개된 등단작은 조회수 40만을 넘겼고, 홈페이지 서버가 마비되는 일도 있었다. 등단 1년이 지난 2019년, 첫 소설집 『일의 기쁨과 슬픔』을 출간하며 회사를 완전히 관뒀다. 당시 팀장에게 이렇게 말했다고 한다. "저 수틀리면 돌아올 거예요."

아직까진 회사로 돌아갈 계획이 없다. 1만 부 정도 팔리면 베스트셀러 대접을 받는 요즘, 첫 소설집이 10만 부나 팔렸다. 2021년 출간한 장편소설 『달까지 가자』는 판권이 팔려 TV 드라마로 제작 중이다. 2023년 7월, 두 번째 소설집 『연수』의 출간을 계기로 만난 장류진은 "이제 너무 많은 강을 건너버렸다는 생각이 든다"고 했다.

"직장 생활과 소설 쓰기를 둘 다 할 수 없어서 관뒀지만, 솔직히 아쉬웠죠. 이제는 수입이 정기적으로 들어오지 않으니까, 정신 똑바로 차려야겠다고 생각하고 있습니다. 저 스스로 삶을 꾸려가야 하니까요."

그를 닮아 소설도 현실에 밀착해 있다. 『일의 기쁨과 슬픔』에서는 IT 기업에서 일한 경험을 녹여 직장인의 애환을 그렸고, 『달까지 가자』에서는 20대 여성을 통해 코인 투자 열풍을 다뤘다. 애매한 사이의 직장 동료에게 청첩장을 줘야 할까, 뜨거운 여름에 2,000원짜리 따뜻한 아메리카노와 4,500원짜리 아이스 아메리카노 중 뭐를 마셔야 할까 같은 현실적 고민이 소설의 주를 이룬다. '하이퍼 리얼리즘' 같은 수식어가 그의 소설에 붙는 이유다. 그러나 정작 그는 특별히 현실적으로 묘사하겠다고 의도한 적이 없다.

"사람들이 불멍을 때린다, 바다멍을 때린다 하는데, 저는 그런 게 안 돼요."

잠들기 직전까지 그의 머릿속에서는 생각이 사라지지 않는다. 어떤 생각은 유독 자주 떠오른다. 이상하다, 왜 그럴까, 이런 고민에 살이 붙어 이야기가 된다. 기승전결도 자연스레 갖춰진다. 특별한 생각이 발단이 되는 건 아니다. 현실에 상상을 딱 한 방울 떨어뜨리면 된다.

"엄청난 상상이나 참신한 세계관이 아니라 멀리 가지 않는, 단 한두 발자국씩 나아가는 상상을 해요. 애들 소꿉놀이하듯 하나씩 하나씩 사소한 설정을 붙여나가는 겁니다."

장류진 소설의 인물들은 대단한 신념이나 목적의식을 지니고 있지는 않다. 대신 그 자리에 누구나 공감할 법한 고민과 유머가 들어서 있다. 두 번째 소설집 『연수』는 기존 소설에서 다뤄온 직장인의 삶과 더불어 동호회나 취업 같은 영역으로 소재를 확장했다. 예컨대 수록작인 단편 「펀펀 페스티벌」은 대기업 취업 전형에서 생긴 웃지 못할 이야기를 다룬다. 합숙 면접에서 노래 등 장기를 선보여야 한다니! 대기업에 들어가기 위해 사회가 요구하는 스펙을 죽도록 쌓았는데, 정작 합격을 가르는 마지막 관문은 객관성과 거리가 먼, 어이없는 상황이다. 게다가

화자 지원은 찬휘 때문에 결국 면접에서 탈락하는데, 그를 미워할 수도 없다. 잘생겼기 때문이다. 지원은 이런 자신을 두고 "난 육신의 노예야. 제발 누가 날 좀 말려"라고 한다.

그의 소설은 읽는 동안 입꼬리가 올라가고, 읽은 다음엔 친구와 가족에게도 읽기를 권하고 싶게 만든다. 이런 감상은 국경을 넘어서도 비슷한 모양이다.

"일본 오사카에서 열린 북토크에 갔더니 만나는 분마다 각자 이야기를 많이 해주셔서 놀랐어요. 나도 어렸을 때, 회사 다닐 때 감정이 이랬다고요. 어떤 분의 표현을 빌리면, 제 소설은 가만히 듣고 싶은 노래보다는 떼창하고 싶은 노래 쪽에 가깝대요."

소설이 경쾌하게 읽히기 때문에 '쉽게 쓰는 거 아니냐'는 오해를 받지만 쓰다가 막히기 일쑤다.

"엄청 전전긍긍하면서 쓰고, 고치고 또 고쳐요. 단어 하나, 조사 하나 바꾸려고 계속 고민하는 일도 잦아요. 그러다 보면 마감이 다가와서 펑크 낼까 더 쫓기게 되고요.

제 마음에 들 때까지 계속 퇴고하는 편이에요."

막다른 골목에서 벗어나게 해주는 건 막연한 희망이다. 일단 펜을 잡으면 쓸 수 있다는 희망.

"써야겠다고 마음먹은 이야기가 있으면, 일단 이야기를 씁니다. '이걸 쓰고 나면 뭔가가 있겠다', '뭔가가 없지는 않겠다'라는 확신은 있지만, 그게 무엇인지는 모르는 상태로요. 그런데 그렇게 쓰고 나면 쓰는 동안 정말 처음에는 생각하지 못했던 그 '뭔가'가 들어가 있습니다. 제가 소설을 쓰는 동안 이 이야기에서 했던 다양한 생각이 자연스럽게 녹아 들어가 처음에 생각했던 이야기와는 조금 달라지고 마음에 들게 됩니다."

"한국 문학이 오랫동안 수호해왔던 내면의 진정성이나 비대한 자아가 없다"는 문학평론가 인아영의 평가처럼, 장류진의 등장은 한국 문학의 변화를 상징하는 하나의 현상이었다. 전쟁·이념과 같은 거대 담론 위주의 소설이 주류에서 밀려난 지 오래, 지금의 주류는 일상적 이야기다. 장류진은 그 중심에 있다. 이런 변화를 둘러싸고 '문학의 위기'라는 말도 나오고 있다. 지금 문학에 대한 장류진의 생각은 명쾌하다.

"'문학'이라는 것이 울타리를 쳐서 구역을 설정한 것도 아니고 법으로 정한 것도 아니고 물줄기가 흐르고 합쳐졌다 다시 갈라지듯 유동적인 것에 가깝지 않을까 생각해요. 물론 실체가 있는 것으로 판단하고 진단하는 사람도, 저처럼 '그런 말은 내가 감히 하는 게 아니다' 하고 겨우 이런 식으로밖에 대답하지 못하는 사람도, 그 물줄기를 더 풍요롭게 하는 데 필요한 존재라고 생각합니다. 저는 운 좋게도 제가 쓰고 싶은 이야기를 썼는데 다행히 독자분들도 좋아해주셨어요."

의문이 들었다. 그가 독자에게 선택된 건 정말 운이 좋아서일까. 인고의 세월을 견뎌 작가가 됐다는 식의 서사가 그에겐 없다. 평범한 직장인의 화려한 등단인 셈이다. 이야기를 나눌수록, 여느 작가에게 없는 솔직함이 느껴지는 것도 확실하다.

그는 최근 한 북토크에서 첫 소설집 『일의 기쁨과 슬픔』이 잘되지 않았더라면 그 이후의 작품은 없었을까 하는 질문에 "당연히 그렇다"고 대답했다고 한다. 책이 팔리지 않는데 원래의 직업을 그만두고 계속 소설을 쓸 만큼 용감한 사람은 아니며, 글을 쓰는 일을 무척 좋아하지만 그보다 생활을 굴려나가는 게 훨씬 중요하다고 생각한단다.

이 솔직한 생각을 듣고 누가 장류진을 속물이라고 말할 수 있을까. 지금 현실을 제대로 이해하고 받아들이는 것에 가깝다. 앞뒤 길이 막힌 현실에서 나름의 방식으로 유쾌하게 웃어넘기는 것이다. 소설집 『연수』의 제목을 정할 때도 그랬다.

"소설집 제목을 정할 때 표제작으로 내세울 만한 게 없다는 생각이 들었어요. 왜냐하면 단편들 제목이 다 단순하니까. '연수', '공모', '펀펀 페스티벌' 세 개 가운데 고민했는데…… 어쨌든 표제작은 다른 소설을 좀 아우를 수 있는 제목이어야 한다고 생각해서 '연수'를 골랐어요. 그렇게 고르고 보니까 단편 여섯 편 인물이 다 어딘가에서 어딘가로 향하는 여정 속에 있다는 생각이 들었습니다. 조금 심심할 수 있겠지만 의미를 가장 잘 살릴 수 있지 않을까요?"

대화를 되짚다 보니 소설이라는 끝없는 길 위에서 운전하는 장류진의 모습이 그려진다. 서툰 운전 실력일지라도 솔직하고 당당하게.

"늘 그래왔지만, 앞으로도 제 취향의 소설, 제가 읽고 싶은 소설을 쓸 겁니다. 물론 앞으로 제 취향이 변할 수는 있지만 그걸 쓸 때의 제가 독자로서 읽고 싶지 않은 소설은 못 쓸 것 같아요. 이건 제가 '신념'씩이나 가지고 '난 그렇게는 안 써!' 하는 게 아니에요. 그렇지 않은 방식으로는 쓸 줄 모르는 것에 더 가깝습니다."

장류진이 매일 아침 글 쓸 때 먹는
'쉽고 맛있는 영양만점 샌드위치 레시피'

에그 아보카도 오픈샌드위치

달걀 2개를 전자레인지 찜기에 10분 돌립니다. 식사 빵 스타일의 부드러운 통밀빵을 (베이글처럼 횡으로) 반 갈라 오븐 토스터(없으면 에어프라이어)에 넣어 3분 굽습니다. 사과 반 개를 깍뚝썰기합니다(샌드위치에 올릴 건 아니고 곁들여 먹을 것). 달걀이 다 되면 찬물에 넣어 식힌 다음 숟가락으로 껍질을 빠르게 까줍니다. 노른자가 약간 흐물한 상태의 달걀을 슬라이스해서 소금 약간, 통후추도 갈아서 뿌립니다. 토스터에서 빵을 꺼내어 아보카도 퓌레를 빵 위에 덮듯이 발라줍니다. 그 위에 아까 준비해둔 달걀 슬라이스를 올려줍니다. (완성!) 잘라둔 사과, 커피와 함께 맛있게 먹으면 됩니다.

에그 바질 오픈샌드위치

시골 빵 스타일의 딱딱한 통밀빵을 (바게트처럼 종으로) 커팅해 오븐 토스터(없으면 에어프라이어)에 넣어 3분 굽습니다. 방울토마토를 5개 정도 꺼내 반씩 갈라줍니다(샌드위치에 올릴 건 아니고 곁들여 먹을 것). 프라이팬에 올리브오일을 두르고 달걀 2개를 깨어 넣습니다. 달걀이 익기 전에 바질페스토 1큰술을 흰자 위에 발라줍니다. 어느 정도 익으면 노른자를 살짝 터트려주고 그 위에 파르메산치즈 가루를 먹고 싶은 만큼 뿌립니다. 토스터에서 빵을 꺼내 달걀프라이를 올립니다. (완성!) 잘라둔 방울토마토, 커피와 함께 맛있게 먹으면 됩니다.

5

평범한 것에서도 비범한 기쁨을

인터뷰이: 이해인

이해인

지난 50년간 쓴 책이 300만 부 넘게 팔렸지만, 시인 이해인 수녀는 평생 '카드'라곤 딱 두 장 가져봤다. 신용카드가 아니라 주민등록증과 경로우대 교통카드. 그간 받은 인세는 모두 수녀회에 귀속되었다. 수도자는 사유재산을 가질 수 없기 때문이다. 저작권을 친족에게 상속하지 않겠다는 서약서를 써 3년마다 공증을 받는다.

"1년에 한 번 연피정 때 수녀회 경리가 회원들 앞에서 살림살이 보고를 하며 '이해인 수녀 인세는 이만큼이다' 알려줍니다. '책이 돈을 벌면 얼마나 벌겠어' 하던 사람들이 그때 액수를 듣고 놀랍니다. (웃음) 1억이 넘게 들어올 때도 있고 몇천만 원 수준일 때도 있지만, 저는 한

번도 제 통장을 본 적이 없어요."

부와 명예를 꿈꾸며 베스트셀러 작가가 되고자 하는 사람들이 대다수지만, 이해인 수녀의 글쓰기는 그와는 결이 다르다. 그가 글을 쓰는 동력은 저 높은 곳에 계신 분께 다다를 수 있도록 노래하고자 하는 소망, 즉 신앙이다.

2023년 6월 서울 동자동 '성분도 은혜의 뜰'에서 이해인 수녀를 만났다. 흰 수녀복을 단정하게 차려입은 그는 "비우고 비우는 이 삶이 만만치가 않다"며 웃음을 터뜨렸다.

그간 쓴 책이 2023년 5월 출간된 에세이 『인생의 열 가지 생각』까지 단독 저서만 20여 권, 선집과 번역서 등을 합치면 50여 권에 달한다. 32세이던 1976년 낸 첫 시집 『민들레의 영토』가 100만 부 가까이 팔렸고, 1979년에 낸 『오늘은 내가 반달로 떠도』, 1986년 출간한 첫 산문집 『두레박』 등이 연이어 베스트셀러가 됐다. 쇄당 1만~2만 부를 찍던 출판시장 호황기, 그의 책은 거의 매번 권당 50쇄를 거뜬히 넘겼다.

"1980년대에는 종로 대형 서점 베스트셀러 집계표에서 1위부터 4위까지 모두 제 책이었던 적도 있었어요. 본업이 수도자인데 책이 너무 많이 팔리니 다른 작가들에게 미안해 하느님께 '제발 내 책 좀 안 팔리게 해달라' 기도하곤 했죠. 베스트셀러 작가가 되니 제 이름을 빌린 가짜 출판물이 횡행하는 등 구설에 오르기도 했어요."

어릴 때부터 책 읽고 글 쓰는 걸 좋아했다. 여섯 살 때 6·25 전쟁이 나서 부친이 북에 끌려갔다. 전쟁 통에 자랐기에 일찍부터 죽음을 묵상했다. '인간은 언제든 한 번은 죽는구나' 하는 생각을 어릴 때부터 늘 했다는 것이다. 퀴리 부인, 슈바이처 박사 등의 전기를 읽으며 '훌륭한 일을 해야겠다'고 마음먹었다. 먼저 수녀가 된 언니가 이해인을 수도자의 길로 이끌었다. 스무 살이던 1964년 수녀원에 입회했다. 포기와 희생이 수도자의 덕목이라 믿어, 글을 쓰고 싶다는 욕망도 애써 접었다.

그렇지만 재능은 주머니를 뚫고 나온 송곳처럼 빛을 발했다. 몰래 끄적인 시를 우연히 본 관구장 임남훈 수녀가 "음악 하는 사람들이 레슨을 받는 것처럼 당신의 시도 원로 문인에게 감정을 받아보는 것이 좋겠다"면서 당시

가톨릭출판사 사장으로 있던 김병도 몬시뇰을 소개했다. 그의 주선으로 만난 시인 홍윤숙이 "특별한 빛깔의 매력이 있다. 혼자 보기 아깝다"고 평했다.

1976년 2월 종신서원을 기념해 수녀회 안에서만 돌려보기로 하고 첫 시집을 1,000부가량 인쇄했는데, 우연히 언론에 소개된 표제작 「민들레의 영토」에 독자들이 폭발적으로 반응했다. "기도는 나의 음악 / 가슴 한복판에 꽂아 놓은 / 사랑은 단 하나의 / 성스러운 깃발"로 시작하는 맑고 깨끗한 시가 세상사에 지친 이들의 가슴을 가만히 어루만졌다.

"재소자들로부터 편지를 많이 받았어요. 정결한 수녀님도 이렇게 자기반성을 하는데 죄 많은 내 삶이 너무 부끄러워 소매가 젖도록 엉엉 울었다고. 진작 수녀님 시를 읽었다면 나쁜 짓을 하지 않았을 거라고 편지에 쓴 사람도 있었어요."

「민들레의 영토」는 절대자인 '당신'께 바치는 사랑 노래지만 속세의 사랑을 위한 연서戀書로 널리 읽혔다. 이를테면 이런 구절이다.

노오란 내 가슴이
하얗게 여위기 전
그이는 오실까

당신의 맑은 눈물
내 땅에 떨어지면
바람에 날려 보낼
기쁨의 꽃씨*

이해인 수녀는 "나도 솔직히 소녀 시절에 좋아하는 남학생도 있을 수 있었던 거 아니겠냐"면서 "구체적인 사랑의 감정을 하느님께 대입했다"고 했다.

"연애하는 사람들이 말이 궁할 때 「해바라기 연가」라든가 하는 제 시를 적어 상대에게 보냈다고 해요. 애인에게 청혼했더니 답으로 제 시만 하나 왔다면서 제게 그 시가 어떤 뜻이냐고 물어보는 사람들도 있었어요. 연애할 때 서로 제 시집을 주고받다 보니 결혼하고 났더니 책장에 같은 시집이 두 권씩 꽂혀 있더라는 이들도 있었고요."

* 이해인, 『이해인 시전집 1』(문학사상, 2013), 23~24쪽.

그의 시 「해바라기 연가」는 이렇게 시작한다.

내 생애가 한 번뿐이듯
나의 사랑도
하나입니다

나의 임금이여
폭포처럼 쏟아져 오는 그리움에
목메어
죽을 것만 같은 열병을 앓습니다

당신 아닌 누구도
치유할 수 없는
내 불치의 병은
사랑*

쉽고 진솔한 시어는 이해인 수녀가 지난 50년간 쉼 없이 독자들에게 사랑받은 비결이다. 이를테면 그의 대표작 「수녀 1」은 이렇게 시작한다.

* 같은 책, 58쪽.

누구의 아내도 아니면서
누구의 엄마도 아니면서
사랑하는 일에
목숨을 건 여인아*

이해인은 담백하고 진솔한 것이 자신의 글의 장점이지만, 독자를 끌기 위해 일부러 쉬운 말로 쓰는 건 아니라고 말했다.

"아마도 그것이 저의 개성이자 하느님으로부터 받은 재능인 것 같아요. 수녀가 썼으니 종교적일 거라는 선입견을 품은 독자들이 일단 읽어보니 난해하지 않고 언니, 친구, 우정 같은 친숙한 주제가 등장하니 계속 읽게 되었다고 해요. 지금까지 받은 팬레터 중 가장 기억에 남는 건 한 여고생이 보낸 거예요. '수녀님의 글을 읽으면 함께 살다가 집을 떠나 멀리 기숙사에 있는 언니가 내게 편지한 것 같은 느낌이 들어요'라 하더군요. 그런 친숙함을 다른 독자들도 느끼는 게 아닌가 합니다."

* 같은 책, 294~295쪽.

수녀라는 이유로 주목받았지만, 수녀라는 이유로 평가절하당하기도 했다. '소녀 취향'이라는 비난을 받고 10년간 절필하기도 했다. 지금도 이런저런 말을 얹는 이들이 있다. 초기 시가 좋았다는 사람들도 있고, 유명세에 실망했다는 사람들도 있다. 그러다 보니 '천주교 수녀는 가만히 제자리에 있는 게 제일 좋구나'라는 생각이 들기도 했다. 음악을 좋아하지만 음악 프로그램을 진행해달라는 방송국 요청을 거절한 이유도 '연예인처럼 보일까봐'였다.

수도 생활을 시작한 후 지금까지 180여 권의 일기를 썼다. 개인의 기록이지만, 개인만의 기록이라고 생각하지는 않는다.

"살면 살수록 기록이 중요하다는 생각이 들어요. 우리 수녀원이 50주년이 될 때만 해도 공동으로 공유할 수 있는 회고록이 마땅하지 않았어요. 제가 일상을 기록하다 보니 결국 그것이 우리 수녀원의 기록이 되고, 수도 생활을 요약하고 정화하는 작용을 하더라고요. 수녀원 50주년, 60주년, 70주년 축시를 다 제가 썼어요. 그걸 본 수녀회 회원들이 '시인 하나 있는 것도 괜찮다. 우리 이야기를 대신 읊어주는구나' 생각했다 하더군요."

시의 대부분은 모두 잠든 밤, 잠옷 차림으로 침대에 엎드려 연필로 쓴다. 편한 자세로 친숙한 곳에서 써야 글이 잘 나온다고 한다.

"방이 정돈되지 않았을 때 오히려 글이 잘 써져요. 치우면 괜히 부정 탈 것 같은 생각이 들고요. 커튼을 치고 방을 컴컴하게 해놓고 별을 보면서 시를 써요. 교과서에 실린 「별을 보며」라는 시도 그렇게 캄캄한 가운데서 썼는데 사람들은 드디어 제가 우울증에 걸린 줄 알았대요. 수도자의 모습과는 너무 거리가 멀다는 거죠." (웃음)

주변 수녀님들이 주고받는 대화, 사계절의 변화, 나무, 꽃, 나비, 새, 책의 한 구절, 꿈 등이 모두 글감이 된다. 퇴고할 땐 시어를 여러 번 다듬는 편. 갈수록 처음보다는 덜 다듬게 되지만 글을 쓰기 위해 굉장히 생각을 많이 하는 편이라고 했다. 주머니에 항상 종이와 연필을 넣어 다니면서 메모한다. 예컨대 수국이 핀 것을 보았다면, 그때 느낀 감정을 대충 적었다가 나중에 발전시켜 시로 구현하는 식이다. 처음에는 연습장에 옮겨서 고치다 제일 마지막에 컴퓨터로 옮긴다. 쉽게 한 번에 써지는 시도 물론 있지만 굉장히 오래 퇴고하는 경우가 많다고 한다. 2008년 직장암 진단을 받았다. 투병 중에도 시집과 산문집 등을 끊임없이 냈다. "내일은 내게 없을지도 모른다는 간절함으로 썼다"고 이해인은 말했다.

"오늘을 그렇게 사니까 순간순간을 놓치지 않고 살고 싶은 열망이 오더군요. 더 부지런하게, 더 쓰게 되고, 더 나누게 되었어요."

그렇다면 어떤 글이 좋은 글일까.

"사람들에게 삶을 좀 긍정하고 자기 존재를 사랑하게 해주는 글. 그것이 문학의 역할이 아닐까 합니다. 인간으로 태어나서 삶의 진·선·미眞善美에 눈 뜨고, 인간답게 잘 살고 싶다는 마음을 심어주는 것이 문학이 아닐까 생각해요. 10대 때 톨스토이의 「사람은 무엇으로 사는가」를 읽고 그의 인생론에 영향을 많이 받았어요. 그래서 결국 수도 생활을 선택하지 않았나 싶어요."

그에게 시를 쓰는 일은 수도자로서의 소임이자 신에게

로 가는 방편이기도 하다.

"타고르는 「기탄잘리」에서 시인을 절대자가 새로운 노래를 불어넣는 '갈대피리'에 비유했어요. 저의 역할도 그 피리와 같습니다. 저는 지난 47년간 수녀원에만 틀어박혀 있었지만 제 시가 민들레 홀씨처럼 날아가 선교와 복음의 역할을 했다고 생각합니다. 신에 대한 사랑을 노래한 수녀가 환속하지 않고 아직도 부산 광안리에서 '민들레의 영토'를 가꾸고 있다는 사실에 독자들이 보람을 느낀답니다."

'독자들에게 어떤 시인으로 기억되고 싶냐'는 물음에 그는 이렇게 답했다.

"그냥, 평범한 일상을, 삶을 긍정하면서 관계 안에서 사람의 삶을 아름다움을 표현하다 스러진 하나의 존재로…… 러브레터 같은 시를 쓴 수녀로, 사물을 사랑하고 인간을 사랑하려 노력했고 자연을 예찬하고 하면서 파도의 말처럼 주변을 대신 노래하고, 대신 읊어주다가 저 세상으로, 고향으로 간 작은 수녀였다고……."

'작은 위로', '작은 기쁨', '작은 기도'……. 이해인 시에는 '작은'이라는 말이 자주 등장하지만, 그것이 오히려 '큰 것'이라고 그는 말한다. 결과적으로 '일상의 힘'을 강조하는 말이라는 것이다.

"프랑스 성녀 소화小花 데레사가 '당신을 사랑하려면 당신의 사랑을 우리는 빌릴 수밖에 없습니다'라고 말했어요. 자기 능력은 자그마하지만 무한대의 하느님 사랑을 빌려 다른 사람들에게 사랑을 전하려 노력했다는 거지요. 그 성녀는 죽어서 장미꽃비를 내리고 싶어 했대요. 저는 하늘나라에 가서 꽃비까지는 아니지만 내가 좋아하는 풀꽃 같은, 그런 수녀가 있었다고 기억될 수 있다면 좋겠어요. 광안리에서 바다를 보며, 바다 같은 마음으로, 민들레의 영토에서 사랑을 넓히려 했던 수녀로, 순간 속에서 영원을 살고 싶어 했던 수녀로."

'하느님이 보시기엔 어떤 시인이면 좋겠냐'는 물음엔 잠시 망설였다.

"음…… 평범한 것에서도 비범한 기쁨을 발견하려 끊임없이 노력했고, 숨어 있는 하느님의 뜻을 찾으면서 자기

꽃자리에서 선한 하느님의 마음 조각을 이웃에게 전달하려 노력한 꽃과 같은 수녀였으면 좋겠어요. 땅의 꽃과 하늘의 별이라는 수직적인 관계를 수평적으로 이웃 안에서 꽃피우려고 노력한, 하느님의 사랑을 시로 꽃피워서 이웃에게 기쁨을 준 작은 기쁨꽃 수녀였으면 좋겠어요."

이해인이 말하는 '좋은 글 쓰려면'

글쓰기가 어려운 이들에게

예비 수녀들에게 문학 수업을 한 적이 있다. 일단 밖에 나가 무슨 꽃이 피는지를 살펴 그림을 그리고, 그에 대해 글을 써보라고 했다. 식당에서 조갯국이 나온 날엔 국 속 조개껍데기를 다 떼어 흩어놓고 다시 제 짝을 찾아보라고 시켰다. 그 과정에서 느낀 사랑과 우정의 개념을 정의하는 글을 써보라고 했다. 시계, 십자가 등 오랫동안 가지고 있던 소지품에게 편지를 써보라고 한 적도 있다. 모든 이의 내면에는 글 쓰는 능력이 있다. 그 잠재력을 깨닫고 발휘하려는 노력이 중요하다.

닮고 싶은 작가는

생텍쥐페리의 『어린 왕자』를 읽고 그처럼 아름다운 글을 쓰고 싶다는 생각을 한 적 있다. 시성詩聖 타고르의 시는 종교적이면서도 자연친화적이라 좋아한다. 윤동주의 「서시」를 특히 좋아한다. 선한 영향력을 주는 별 같은 삶과 글이 일치하는 걸 닮고 싶다는 갈망이 있다.

표현력은 어떻게 키우는 게 좋을까

다른 사람이 쓴 글에서 내가 미처 생각하지 못했던 표현을 필사하면 도움이 된다. 베끼라는 것이 아니라 연구하라는 것이다. 책을 읽다가 꽃 이름이나 나무 이름처럼 모르는 것이 나오면 사전뿐 아니라 도감을 찾아서라도 끝까지 찾아내며 연구해야 한다. '공부하는 마음'을 가지는 것이 좋은 글을 쓰기 위한 조건이다. '이름 없는 꽃', '이름 없는 새' 같은 구절이 있는 글은 성의가 없어 보인다.

4

버틸 수 있다는 '믿음'

1

내 글쓰기 스승은 댓글 — 김동식

2

고통을 연료로 삼아 — 김혜남

3

시인, 작사가, 영화감독, 그리고 다시 시인 — 원태연

4

무의식에 스며드는 치유의 감각 — 요시모토 바나나

5

정직하고 자유롭게 자기 자신으로 살아가는 태도 — 임경선

1

인터뷰어: 이영관

내 글쓰기 스승은 댓글

김동식

비가 쏟아질 걸 알면서도 피할 수 없었다. 2023년 8월 소설가 김동식과의 만남은 그렇게 기억된다. 그가 매년 300회 넘게 강연을 다니는 까닭이다. 김동식은 강연하느라 그달만 해도 함평, 강릉, 울산, 안산, 전주 등 전국을 누볐다. 인터뷰 당일 역시 진주행 기차에 몸을 싣기 직전에 시간을 쪼개서 만날 수 있었다. 장소는 자연스럽게 서울역 인근의 카페.

첫 소설집 『회색 인간』이 100쇄를 기록했다. 지금까지 낸 소설을 합하면 40만 부가 팔렸다고 하는데, 그에게 '프로'의 냄새는 나지 않았다. 어색한 표정, 투박한 말투, 길이 들지 않은 듯한 빳빳한 셔츠 차림이 그의 첫인상이었다. 어색한 분위기가 풀리자, 명랑한 웃음소리가 창문을 때리는 빗소리와 함께 섞여 들었다. 눈앞에 소년이 나타났다.

20여 년 전 부산, 중학교에 입학한 소년에게 세상은 무채색이었다. 학교 다닐 시간에 일을 하겠다는 핑계로 곧 학교를 관뒀다. 가정 형편이 넉넉하지 않았지만, 그보다는 학교가 재미없다는 이유가 컸다. 책이나 공부와 거리가 멀었다. 소년의 집은 노동 현장이었다. 어머니, 누나와 함께 쪽방을 전전했다. 어머니는 생계를 유지하기 위해 집에 각종 일거리를 받아 왔다. 소년을 가장 눈물 나게 했던 일감은 마늘이다. 어머니 옆에서 마늘을 칼로 깔 때마다 손끝이 참 아렸다. 마늘 한 포대에 5천 원. 그걸 모아 월세를 냈다.

학교 밖도 그에겐 무채색이었다. 재봉 공장에 다니거나 배달 일을 잠깐씩 하다가 PC방 아르바이트에 정착했다. 그러다 스무 살, 친척 소개로 서울 성수동의 주물공장에 취업했다. 500도가 넘는 액체 아연을 국자로 떠서 틀에 붓는 일을 했다. 단추, 지퍼, 옷핀 같은 물건이 그의 손에서 나왔다. 땀 흘려 받은 월급은 달콤했다. 첫 월급 130만 원.

월세를 내고 어머니께 용돈을 드려도, 월급날 배달 음식을 시켜 먹을 정도는 벌었다. 그러나 반복된 일상은 그를 지치게 했다. 어느덧 10년, 주물공장 생활이 지겨워졌다.

그 무렵, 온라인 커뮤니티 '공포 게시판'에서 처음 빛을 발견했다. 재미 삼아 짧은 소설을 썼는데 댓글이 달렸다. "재미있어요." 타인에게 처음으로 인정받은 순간이었다. 자신의 글에 누군가 웃었다는 게 신기했다. 그 재미에 중독됐다. 책은 거의 안 읽었지만, 웹툰과 드라마 속 이야기는 수없이 접했었다. 머리에 떠오르는 이야기를 글로 써서 온라인에 올리기 시작했다. 200자 원고지 20~30매 분량의 초단편소설을 3일에 한 편씩 썼다. 1년 반 동안 지은 소설이 350여 편, 모두 합하면 원고지 1만여 매. 보통 장편소설이 원고지 1,000매 안팎이니 분량으로 따지면 장편 10편을 쓴 셈이다. 그 무렵 중·고등학교를 검정고시로 졸업하고, 공장도 관뒀다. 그의 온라인 소설을 눈여겨보던 김민섭 작가의 제안으로 2017년 12월 초단편소설을 묶어 『회색 인간』을 냈다. 비로소 회색 인간의 삶에 '색'이 칠해졌다.

김동식은 지금까지 『회색 인간』을 시작으로 초단편소

설집 10권, 일반적 분량의 단편소설집 4권과 에세이집을 냈다. 이제야 '작가'라는 호칭이 익숙하다.

"처음엔 저를 '인터넷에 글 쓰는 사람'이라고 소개했습니다. 그런데 학교에서 강연하면 '학생들이 작가님 책만 유일하게 읽는다, 고맙다'고 선생님들이 말씀하세요. 비로소 작가가 됐음을 느꼈죠."

연 300회가량 강연을 다니는데, 학교 강연이 절반을 넘는다. 학교에서 강연 요청이 오면 절대 거절하지 않는다. 도시든 산골이든 지역도 가리지 않는다. 기차며 버스 등 이동 수단에 하루를 거의 다 쓰는 이유다.

"학교랑 친하지 않았는데, 지금은 누구보다 학교랑 친하게 지내요. 참 신기합니다."

학교를 일찍 그만둔 아쉬움 때문이라기보다 학교가 주는 즐거움 때문이다. 그는 뒤늦게 학교에서 배움을 얻고 있다. 초단편소설집을 시리즈로 10권까지 잇따라 내며 스스로 '작품이 식상하다'는 고민이 컸다. 무인도에 갇히거나 다른 종족의 지배를 받는 등 비일상적 상황을 배경으로 삼은 소설이 많은데, 분량이 짧다 보니 이런 배경이 유독 강조돼 소설마다 비슷한 느낌을 줬기 때문이다. 고민을 거듭하던 때, 학교 강연에서 만난 남학생이 물었다. "작가님 왜 시리즈가 뒤로 갈수록 재미가 없어져요?" 그 직후 김동식은 초단편소설집 시리즈를 그만뒀다.

"어떤 평론가의 말보다 와닿았습니다. 아이들은 솔직하니까요. 제 글은 김치찌개나 된장찌개처럼 계속 먹기는 어려워요. 마카롱처럼 신박하다는 장점이 있지만, 반대로 계속 먹으면 무뎌지는 단점도 있습니다."

최근에 낸 소설집 『인생 박물관』에서 김동식은 인간의 어두운 내면을 강조했던 전작과 달리 희망적인 면에 처음 집중했다. 그간의 평가에 반응해서 정반대의 책을 내려고 시도했다. 평범한 사람들이 서로를 돕는 이야기를 묶었다. 자살한 딸을 만나기 위해 지옥으로 보내달라고 간청하는 노인, 은둔형 외톨이로 살아온 청년을 비롯해 절망적 상황의 인물을 통해 오히려 세상에 남은 작은 희망을 보여준다.

그는 녹록지 않은 현실을 채워가는 건 사람의 몫이라는

걸 누구보다 잘 안다. 초등학교 졸업장만 가진 채로 일터에서 세상을 배워야 했고, 주물공장을 다니며 남들보다 늦게 글쓰기를 시작했지만 조급해하지 않았다. 인터넷을 통해 글을 배우는 과정도 그에겐 즐거웠다. 포털 사이트에 '글 잘 쓰는 법'을 검색했고, 무엇보다 온라인 커뮤니티 댓글을 꼼꼼히 봤다. '단호하게 문장 끝내주세요', '말이 반복돼요' 같은 댓글이 수없이 달렸지만, 그걸 지적이라고 생각하지 않았다. 적극적으로 수용했다.

"제가 쓴 소설에 문법이 맞지 않는 게 많았나 봐요. 디테일 부분까지 댓글로 잡아주셨어요. 그때 경험을 통해 '피드백을 쉽게 해도 부담 없는 작가가 돼야 한다'고 배웠어요. 글 쓸 때 고집은 필요하지만, 피드백이 안 들어오면 잘못된 길에 들어서도 모르잖아요. 혼자 쓸 때 원석이라면, 남들이 깎아줄 때 보석이 된다고 생각합니다."

어느덧 진주에서의 강연을 위해 카페를 떠나야 할 시간, 비는 전혀 잦아들지 않았다. 잠시 인터뷰를 하며 말랐던 바지가 다시 젖는 것은 시간문제였다. 그러나 김동식의 표정은 꽤 즐거워 보였다. 그에겐 강연하러 갈 때마다 지역 맛집을 찾는 습관이 있다. 웃음기를 머금은 표정이 새로운 맛집을 기대하는 것 같기도 했고, 전혀 만나보지 못했던 사람과의 대화를 상상하는 것처럼 보이기도 했다.

계속해서 퍼붓는 비처럼 그의 생활 환경은 달라지지 않았다. 여전히 성수동 주물공장 인근의 원룸에 살고 있다. 언젠가 결혼하는 데 돈이 들 테니 절약하자는 차원도 있고, 지금 생활에 크게 불편을 느끼지 못하기도 해서다. 그러다 보니 성수동에서 서울역을 매일 같이 오가는 수고를 감내하고 있다. 물론 부산에 계시는 어머니에겐 처음으로 집을 마련해드렸다. 소설을 구상하고, 쓰는 템포도 그대로다. 기차나 버스를 탈 때 머리로 이야기를 구상하고, 키보드 앞에 세 시간 정도 앉으면 짧은 소설 한 편이 나온다. 물론 고민은 있다.

"제 글이 처음에 비해 정제된 느낌은 있지만 날카로운 맛이 무뎌져서 걱정이에요. 이번 인터뷰를 계기로 저를 좀 많이 때려주시길 바랍니다. 서평이든 어떤 방식이든 상관없어요."

어느새 그는 쏟아지는 빗줄기 속으로 발걸음을 내딛고 있었다.

글쓰기에서 조심해야 할 것은 '대피처'

혹자는 과거 공개 코미디 프로그램이 시청자들의 사랑을 받지 못한 이유로 '개그에 자꾸 의미 부여를 해서'라고 말한다. 관객의 웃음이 아니라 박수를 유도하기 시작하면서부터 끝났다는 얘기다. 그게 사실인지는 모르겠으나 글을 쓰다가 막힐 때면 나도 모르게 자꾸 의미 부여로 손이 갈 때가 있다. 재미가 좀 부족하더라도 메시지가 좋으면 용서해주는 걸 경험했으니까. 이 달콤한 대피처가 작가에겐 몹시 위험하다. 퇴보와 고립으로 향하는 길이다. 메시지도 중요하지만, 그보다 중요한 '이야기성'을 완성하는 습관을 들여야 한다.

내 글에 가장 큰 영향을 끼친 작품

장르적 상상력을 발휘하는 작품에 대해 가볍고 아무것도 남는 게 없다며 낮게 보는 사람들이 있다. 하지만 어린 시절 내게 가장 큰 영향을 준 〈심슨 가족〉을 보면 다른 생각이 든다. 겉보기엔 단지 유머 시리즈지만, 그 안에 숨겨진 풍자와 해학은 어떤 작품보다 날카롭다. 단순한 정치적 올바름을 넘어 그것이 극단적으로 변질했을 때의 모습까지 풍자한다. 세상을 바꾸는 건 결국 강압적인 주장보다 온화한 위트가 아닐까, 라는 생각을 갖게 하는 작품이다.

2

고통을 연료로 삼아

인터뷰어: 곽아람

김혜남

고통을 연료 삼아 글을 쓰는 사람들이 있다. 쓰지 않고서는 아파서 견딜 수 없기에, 세포 구석구석에 침투한 고통의 마지막 한 방울까지 짜내며 원고지 위에서 치열해지는 사람들. 정신분석 전문의 김혜남이 바로 그런 사람이다.

2008년 출판계에 '힐링' 열풍을 불러일으키며 60만 부 팔린 『서른 살이 심리학에게 묻다』를 출간했을 때, 저자 김혜남은 42세 때 발병한 파킨슨병으로 8년째 투병 중이었다. 그는 이듬해 후속작 『심리학이 서른 살에게 답하다』를 냈고, 이 역시 20만 부 넘게 팔렸다. 그 후로 15년, 김혜남은 여전히 베스트셀러 작가다. 그가 2022년

11월 낸 『만일 내가 인생을 다시 산다면』은 2023년 1월 13일부터 5주 연속 교보문고 종합 베스트셀러 1위에 오르며 20만 부 팔렸다. 그리고 그는 여전히 병의 한가운데 있다.

2023년 4월, 서울 역삼동 자택을 찾았을 때 흰 셔츠에 하늘색 재킷, 파란색 바지 차림의 김혜남은 거실 의자에 앉아 있었다. 근육이 굳어 말이 어눌하고 목소리가 작았다. 커피잔을 드는 일조차 쉽지 않았다. 처음 그를 만나 인터뷰했던 2015년보다 병이 많이 진행되었지만, 그는 "매일 운동치료를 받은 덕에 이제 세 발짝쯤은 혼자 걸을 수 있다"며 웃었다.

『만일 내가 인생을 다시 산다면』은 2015년 낸 에세이 『오늘 내가 사는 게 재미있는 이유』의 개정판이다. 투병 경험을 바탕으로 흔들리는 마흔 살에게 삶의 방향을 제시하는 데 초점을 맞췄다. 이른바 '힐링' 계열 책이지만 응석을 받아주지 않는다. 책을 관통하는 메시지는 '때론 버티는 것이 답'이라는 것.

김혜남의 인생 자체가 '버티기'의 연속이었다. 그가 고등학교 2학년 때 쌍둥이처럼 자랐던 한 살 위 언니가 교통사고로 숨졌다. 슬퍼하는 부모님을 보면서 그는 언니 몫까지 두 사람 몫을 살아야 한다고 생각했다. 언니에게 의사가 되겠다고 한 약속을 지키기 위해 의자에 몸을 묶어놓고 앉아 공부해 고려대 의대에 합격했다. 인턴 때 첫 아이를 가졌는데 위급한 환자에게 심폐소생술을 실시하다 몸에 무리가 되어 유산했다. 이후 무사히 아들을 낳았지만, 둘째인 딸은 태어나자마자 심장병 판정을 받았다.

남편은 가난한 집 장남이었다. 부부가 모두 의사였는데도 한동안 25평 주공아파트에서 시부모님과 시동생까지 일곱 식구가 복닥거리며 살았다. 그러다 이제 살 만하다 싶으니 파킨슨병이 찾아왔다. 그는 이러한 삶의 고비를 털어놓으며 "세상 다 버티는 거 아닌가요? 잘 버티는 게 중요한 거겠죠"라고 했다. 그는 책에 이렇게 썼다.

> 버틴다는 것은 기다림이라 할 수 있다. 미래를 위해 현재를 참아내는 것이고, 다음 단계로 나아가기 위해 오늘 부단한 노력을 하는 것이다. …… 버티지 않고 어느 순간 포기해버렸다면 삶이 쉬웠을지는 모르겠지만 참 많이 후회

했을 것이다.*

그의 대표작 『서른 살이 심리학에게 묻다』는 무턱대고 괜찮다며 위로하기보다는 "서른 살 안팎 세대의 가장 큰 문제는 야단맞는 것을 잘 견디지 못하는 것"이라며 젊은이들을 꾸짖는 책이다. "조언을 주는 건 멘토지만, 최종 판단은 자기 몫"이라며 당시 사회에 일었던 '멘토 열풍'을 경계하기도 했다. 2015년 인터뷰에서는 이렇게 말했다.

"'힐링 도서'의 원조 저자로서 책임감을 갖고 말하는 건데, 저는 그 '힐링, 힐링'하는 말 좀 없어졌으면 좋겠어요. 사소한 일까지 '상처'라고 말하면 삶이 문제 덩어리가 돼버려요. 일상이라는 게 갈등도 있고, 기분 나쁜 일도 있고, 내 뜻대로 안 되는 것도 있는 거죠. 모든 걸 정신병리로 만들면 안 됩니다. 모든 일에 '증후군'을 갖다 붙이면 일상이 치료받아야 할 일이 돼버려요. 스스로 극복하는 게 아니라 누군가 도와줘야 하는 일이 되는 거죠. 제 환자들을 보면 예후가 좋을 때 부모님이 돌아가시면

* 김혜남, 『만일 내가 인생을 다시 산다면』(메이븐, 2022), 205~206쪽.

보통 경과가 더 좋아지더라고요. 의지할 곳이 없어지면 자아는 자기를 살리게 돼 있어요."

회초리를 드는 심정으로 쓴 책이 어떻게 60만 독자를 사로잡을 수 있었을까? 애초에 강수진 메이븐 출판사 대표(당시 갤리온 대표)에게 책을 내자는 제안을 받고, 김혜남은 뻔한 소리를 왜 책으로 쓰냐고 거절했다. 그러나 "선생님의 이야기는 다른 사람들의 이야기와 달라요. 선생님만의 특별한 이야기가 있어요"라는 말에 설득당했다. 어떤 점이 다르다는 걸까? 김혜남은 이렇게 말했다.

"저는 책을 쓸 때 환자들에게 이야기하듯이 쓰거든요. 제 앞에 누군가 앉아 있다고 생각하면서 그 사람에게 설명하듯이 써요. 글 쓸 때 저만의 원칙이 있어요. 절대로 어려운 말을 쓰지 않습니다. 환자들은 마음이 약해져 있는 경우가 많기에 너무 강한 말도 쓰지 않지요. 그런 원칙 아래 쓴 글이라 아마도 독자들에게 다가간 것 같아요. 『만일 내가 인생을 다시 산다면』의 내용도 이미 다른 책에 나와 있는 내용일 거예요. 대부분 사람들이 일반적으로 생각하고 있었거나 마음속에 품었던 말들. 그런데 그런 말들이 제 진심을 통해 사람들에게 다가갈 수 있지 않았을까 생각합니다."

기교보다는 진심. 김혜남 글쓰기의 특징이다. 학창 시절 그는 매번 백일장에서 상을 받는 부류의 학생은 아니었다. 그렇지만 '네 글은 이상하게 마음을 끄는 구석이 있다'는 이야기를 들었다. 중학교 3학년 때 수필을 써 오라는 숙제가 있었는데, 학생들이 낸 숙제 중 선생님이 두 편을 골라 전교생 앞에서 읽어줬다. 한 편은 학교에서 글을 잘 쓰는 걸로 유명한 친구의 글이었다. 문장이 아름다웠고, 선생님도 그 점을 칭찬했다. 다른 하나가 김혜남의 글이었는데, 선생님은 '이건 결코 잘 쓴 글은 아니지만 진심이 담겨 있어 읽어준다'고 했다. 그는 글을 쓸 때면 자아를 잊고 몰두한다며, 그래야 읽기 쉬운 글이 나온다고 했다.

"내가 이 글을 쓰는 게 아니고 내 손가락이 쓰는구나, 하는 상태에 빠져들어요. 생각을 많이 하면서 쓴 글은 송고하기 전 읽어보면 결국 찢어버리게 되더라고요. 생각을 비우고 쓰는 글이 훨씬 마음에 들어요. 마음을 비우고 그냥 쓰는 글이 훨씬 사람들에게 다가가기도, 읽히기도 쉬운 것 같습니다. 생각을 꼬아서 현학적으로 만들지 않고, 무아지경으로 쓴 글이라 베스트셀러가 되지 않았나 싶습니다."

영화 보는 걸 좋아하는 그가 원래 첫 책으로 염두에 둔 건 영화에 관한 책이었다. 영화 관련 원고를 써 한 출판사 편집장에게 보냈더니 당시 그곳에서 일하던 강수진 메이븐 대표가 찾아왔다.

"밤새 그 원고를 다 읽었다고 하더라고요. 그런데 영화 관련 책은 시장이 적으니 '사랑'에 대해 쓰는 게 어떠냐고 했어요. 저라면 사랑에 관해 쓸 수 있을 것 같다면서. 저도 사랑에 관심이 많았기 때문에 시간을 달라고 했죠. 1년간 논문을 한 편 쓰고, 그다음 1년 동안 그걸 죽 풀어서 책으로 썼어요."

그렇게 나온 책이 인생에 있어 사랑한다는 것의 의미를 짚은 2002년작 『나는 너를 정말 사랑하는 걸까?』다. 그 이후로도 꾸준히 썼다. 건강할 때도, 아플 때도, 절망 속에서도, 희망 속에서도.

지금까지 낸 책 가운데 가장 심혈을 기울여 쓴 책은 2006

년에 출간한 『어른으로 산다는 것』이라고 했다. 성장통을 겪고 있는 '어른아이'들에게 "누구나 마음속에 상처 입은 어린아이가 살고 있다"며 다독이는 책이다. 나이 듦을 두려워하지 말며, 슬픔 앞에서는 굳이 어른인 척하지 말라고 조언한다. 책 제목도 스스로 정했고, 매 꼭지를 책 한 권을 쓰듯 공들여 썼다.

"한 꼭지를 쓸 때마다 100여 권의 책을 읽고 관련 논문을 찾아봤어요. 상실에 관한 이야기인데요. 제가 가장 쓰고 싶었던 책이자 가장 좋아하는 책인데, 가장 안 팔리는 책이기도 합니다." (웃음)

왜 그 주제에 천착한 걸까. 김혜남은 "내가 어른이 되는 과정에서 가장 처음 경험한 게 언니의 죽음이라는 '상실'이었기 때문"이라고 말했다.

"삶을 뒤돌아보니 상실이 바로 어른이 되는 과정이더라고요. 우리는 태어나면서 끝없이 상실을 겪어요. 결국 자기 자신을 상실하게 되죠. 그 여정을 죽 따라가고 싶었어요. 이번에 『오늘 내가 사는 게 재미있는 이유』를 『만일 내가 인생을 다시 산다면』으로 고쳐 쓰면서 『어른으로 산다는 것』에 있는 내용을 많이 가져왔어요."

손가락이 자유롭지 않은 그에게 개정판 작업은 쉬운 일이 아니었다. '독수리 타법'으로 30분가량 작업하면 몸이 뒤틀려 이틀간 앓아누워야 했다. 그는 과정은 힘들지만, 완성된 글을 보면 그래도 자신이 아직 똑똑하다는 생각이 들어 좋다고 말했다. 글을 쓰다 보니 몸도 좀 나아졌다. 예전에는 문자 한 통 보내는 데 30분 걸렸는데 요즘에는 그보다 조금 빨라졌다.

2001년 파킨슨 진단을 받은 이래 두 차례의 뇌심부자극 수술을 포함해 여섯 번 수술을 받았다. 거동이 자유롭지 못하니 넘어져 팔이 부러지기도 하고 어깨가 탈골되기도 했다. 설상가상으로 2022년 유방암이 덮쳤다. "하느님이 왜 내게 이런 고통을 주시는지……" 말을 떼었다가 그는 끝내 울음을 터뜨렸다. 그러나 계속 말을 이어갔다.

"어느 날, 꿈에서 새 한 마리가 날아와 노래를 불렀어요. 하느님은 너희가 행복하길 원할 뿐 고통받길 원하지 않는다고. 너희에게 닥치는 병도 살다가 발끝에 걸리는 돌부리처럼 우연히 만나는 것일 뿐이라고. 그걸 어떻게 극복하느냐에 따라 하느님이 너희를 보는 눈이 달라진다고……. 잠에서 깨어나 깨달았어요. 이 고통은 내가 살면서 겪는 해프닝일 뿐이고, 내가 어떻게 받아들이고 헤쳐 나가느냐에 따라 내 인생도, 가족들 인생도 달라질 거라는 걸."

김혜남은 독실한 가톨릭 신자다. 눈물을 닦으며 그는 말했다.

"아무리 고난이 닥쳐도 사람들은 결국 일어설 것이고 극복할 거라는 믿음이 생겼어요. 그렇게 생각하니 세상이 참 새롭게 보이더라고요. 그런 마음이 내 글에 녹아 들어가 사람들에게 희망과 위로를 주는 게 아닌가 싶어요. 그래도 눈물이 나는 건 어쩔 수가 없네요."

투병을 시작하며 병원 문을 닫았지만, 포기할 수 없었던 조현병 환자 한 명만은 집으로 불러 상담 치료를 하고 있다. 현재는 그 환자의 투병 일지를 책으로 엮는 작업을 하고 있다. 앞으로 꼭 쓰고 싶은 주제를 묻자 그는 "죽음"이라 답하며 창을 향해 천천히 고개를 돌렸다. 마당의 미스김라일락이 꽃망울을 터뜨리고 있었다.

김혜남이 말하는 ‘나를 버티게 하는 것들’

버티는 데 도움이 되는 노래

힘들 땐 노래를 불러요. 특히 팝송을 흥얼거리죠. 〈아베마리아〉라든가…… 내 감정이 노래로 표현되면 복잡한 생각이 없어져서 좋아요. 며칠 전엔 꿈에서 제가 질리오라 칭케티의 칸초네 〈노노레타〉를 부르고 있더라고요. 〈나이가 어린데〉라는 제목으로 우리나라에 소개된 노래예요. 꿈에서 노래를 불렀는데, 눈을 떠보니 진짜 부르고 있었습니다. 요즘 가장 즐겨 부르는 노래는 〈어메이징 그레이스〉예요.

버티는 데 도움이 되는 영화

가브리엘 살바토레 감독의 1991년작 영화 〈지중해〉를 좋아합니다. 제2차 세계대전 당시 남자들의 유토피아를 그린 영화인데요. 군인들이 유토피아 같은 섬에 파견되는데, 결국 다들 그곳에 남지 않고 집으로 돌아가요. 영화 마지막에 남자들이 모여 ‘그리스인 조르바’가 출 법한 춤을 추는데, 그 장면이 특히 인상적이에요. 영화를 보다 보면 ‘유토피아’를 저렇게 그릴 정도면 그들의 현실이 얼마나 고달팠을까 하는 생각이 드는데, 그들은 그래도 고달픈 현실로 돌아가거든요. 왜 낙원을 버리고 굳이 고달픈 현실로 돌아가는 걸까요?

버티는 데 도움이 되는 존재

저 자신이죠. 누가 저를 끝까지 돌보고 견뎌주겠어요? 제가 견뎌야죠. 남편도, 아이들도 해줄 수 없는 일이에요. 삶이란 다 자기 자신이 견디는 거예요. 저 자신이 끝까지 버티다가 그냥 흉하지 않게 세상을 떠날 수 있으면 된다고 생각해요.

3

시인, 작사가, 영화감독, 그리고 다시 시인

원태연

"이거 타요."

원태연 시인의 서울 서초구 자택. 시인을 따라 작업실이 있는 2층에 올라서자, 바퀴 네 개 달린 의자가 코앞으로 미끄러져 왔다. 로봇청소기쯤 되는 높이의 의자에 앉자, 머리가 천장에 닿을 듯했다. 허리를 마음껏 펼 수 없어서 누구나 공손해질 수밖에 없는 곳. 여기서 그는 처절한 반성문을 쓰고 있었다.

원태연은 쉬운 언어를 활용한 사랑 고백으로 1990년대 독자들의 마음을 흔든 시인이다. 학창 시절 썼던 시를 모아 낸 1992년작 시집 『넌 가끔가다 내 생각을 하지 난 가끔가다 딴 생각을 해』로 일약 스타덤에 올랐다. 이듬해 출간한 『손끝으로 원을 그려봐 네가 그릴 수 있는 한 크게 그걸 뺀 만큼 널 사랑해』를 비롯해 수년간 발표한 시집이 약 600만 부 판매되었다.

정확한 숫자는 아니다. 베스트셀러가 된 첫 시집은 인세 대신 매절 계약으로 냈고, 이후 시집도 출판사 대표가 잠적하며 제대로 정산받지 못한 일화가 알려져 있다. 그는 2002년작 『안녕』을 끝으로 한동안 시집을 내지 않았다.

그사이 원태연은 시인보다는 작사가로 널리 알려졌다. 지아의 〈술 한잔해요〉, 백지영의 〈그 여자〉, 허각의 〈나를 잊지 말아요〉 등 여러 히트곡의 가사를 썼다. 2009년 개봉한 권상우 주연의 영화 〈슬픔보다 더 슬픈 이야기〉를 시작으로 영화감독으로도 일했다.

시인의 집을 찾은 건 2022년 신작 시집 『너에게 전화가 왔다』를 낸 직후였다. 20년 만에 새 시집을 냈다는 소식을 접하고 궁금했다. 왜 다시 시일까? 그의 집 2층 구석에 있는 방에 들어서자, 그 이유를 어렴풋이 알 수 있었다. 그에겐 시인으로 돌아와야 할 이유가 있었다.

2평 남짓한 작업실 천장에 손바닥 크기의 구멍 두 개가 뚫려 있었다. 하나는 시인이 의자에서 벌떡 일어나 자신의 머리로 뚫었고, 다른 하나는 그 직후 주먹으로 쳐서 뚫은 것이다. 천장이 왜 뚫리지? 천장이 시멘트가 아니라 합판으로 돼 있음을 그날 알았다. 작업실은 약 1미터 높이에 창문 하나가 있는 협소한 공간이지만, 원태연 시의 산실이다. 그는 20년 만에 시를 쓴 과정을 회상했다.

"시를 다시 쓴 지 7개월쯤 됐을 때 천장을 뚫었어요. 제가 저한테 쌍욕을 하면서 의자에서 일어난 거죠. 20년 동안 안 써서 어떻게 쓰는지 하나도 기억이 안 났습니다. 저한테 말했어요. '열심히는 하잖아.' 그 말을 하는데 눈물이 났습니다."

그가 시에 다시 매달린 건 좌절의 수렁에서 자신을 구해준 독자와의 약속 때문이다. 작사가로 활동하던 그는 또 다른 꿈을 이루기 위해 드라마 극본 작업에 매달렸지만, 2020년 물거품이 됐다. 방송국과 계약을 파기해 돈을 물어줘야 했다. 당장 돈이 필요하니 기존에 발표한 시에 일부 새 시를 엮어 필사 시집을 내기로 했다. 시인으로 초라하게 복귀할 줄은 몰랐던 그는 오랜 독자에게 전화를 걸었다. 30여 년 전 시집 사인회에서 알게 된 독자. 그에게 물었다. 정말 이런 시집을 내도 될까.

"왜 싫어하겠어요? 인사말만 새로 써도 저는 살 거예요."

그렇게 말하며 오히려 독자는 화를 냈다고 한다. 그 말에 용기를 얻어서 필사 시집을 결국 냈다. 대신 그와 약속했다. 단 한 페이지도 허투루 넘길 수 없는 시집을 보여주겠다고. 그렇게 13개월 27일을 매달려 시집 『너에게 전화가 왔다』를 완성했다.

"85편 시 가운데 스타일이 안 맞는 시는 있어도 매력 없는 시는 없을 거예요. 오로지 매력 있게 보이기 위해 시를 다듬었습니다."

"저는 대한민국에서 제일 많은 시집을 팔고 제일 많이 욕을 먹은 시인입니다."

원태연은 자신을 이렇게 소개한다. 많은 독자의 사랑을 받았지만, 시가 지녀야 할 객관성보다 감상주의와 사랑 타령에 빠져 있다는 비판을 받았기 때문이다. 사격 특기로 대학 체육과에 진학해 대학생일 때 낸 첫 시집으로 스타덤에 오른 운 좋은 시인. 평단에서는 그를 외면했다. 어떤 시인도 그를 공식 석상에 불러주지 않았다. 그때는 어려서 그런 상황이 짜증 났지만 지금 생각하면 차라리 다행이었다 싶다.

"이제는 저에 대한 비판을 들어도 짜증이 안 나요. 내가 자신감이 없으면 여유롭게 대처하지 못하는 거죠. 그런 제가 싫을 뿐입니다."

원태연은 인기 가수의 히트곡을 만든 작사가이기도 했지만, 음악계에서도 이방인이었다. 작사가들 사이에서는 시인으로 불리고, 정작 시인들에겐 욕을 먹었다. 옛 생각에 이따금 눈물이 맺히는 그를 보고 있노라니 30년 전 대학생 원태연이 눈앞에 소환됐다. 그 감성 때문에 일상생활이 쉽지 않다.

"세상에 공짜가 어딨겠어요? 저는 시를 안 쓸 때도 하고 싶은 말 다 해요. 가만히 있다가 벌떡 일어나서 춤추고. 친한 사람 아니면 저를 이해하기 어렵죠."

가혹한 현실을 인정하기까지 오랜 시간이 걸렸다. 최근 부딪혔던 가장 큰 벽은 2020년 드라마 작가의 꿈을 내려놓은 것이다. 극본 작업이 잘 이뤄지지 않아 방송국에 그만 쓰겠다고 통보했다. 그 뒤로 3개월간 낮에 자고 저녁에 일어나는 삶을 반복했다. 어떤 분야에 도전했다가 실패할 수도 있는 건데 우울감에서 빠져나오지 못했다. 오랜 고민 끝에 깨달았다.

"저는 드라마 작가가 되는 데 실패했다고 생각했는데, 실패란 아무 데나 쓰는 말이 아니더라고요. 포기해놓고 실패했다고 말한 거지. 포기를 인정하자는 생각이 들자, 그제야 눈물이 나왔어요."

계약금을 갚아야 하니 필사 시집을 내고, 방송에 출연했다. 그렇게 다시 운명처럼 시로 돌아왔다.

"사람들은 저를 연예인이라고 보는데, 제 본질은 시입니다. 시는 '잃어버린 원태연'이죠. 이제 두 번 다시 나를 잃어버렸다고 생각하지 않도록 계속 나를 들여다보려고 합니다."

원태연은 난독증을 앓고 있다. 책을 집중해서 읽을 수 없어 유튜브로 시를 듣는다. 한번은 방송에 출연해 난독증이 있다고 말했더니 시청자가 블로그에 글을 남겼다. "느린 아이를 키우고 있는 엄마입니다. 우연히 TV에서 어떤 시인을 봤는데 우리 아이도 온전히 자기 인생을 살아갈 수 있겠다는 용기를 얻었습니다." 그 글을 보고 그도 용기를 얻었다.

난독증은 겪는 사람마다 증상이 다르다. 보통 사람들은 단순히 책을 읽지 못하는 정도로 생각하는 경향이 있다. 당사자가 받는 고통에 사회적 인식이 미치지 못하는 게 사실이다. 최근에 원태연은 한국난독증협회 홍보대사를 맡았다. 이제는 공식 석상에서 협회 홍보대사임을 먼저 소개한다. 난독증을 겪는 사람들에게 보탬이 되고 싶다는 소망을 품는다. 난독증을 앓는 이들도 단어를 쉽게 이해할 수 있도록 사전을 쓰는 일을 앞으로의 목표로 삼았다.

물론 그가 하나의 일에만 몰두하리라고 기대하지는 않는다. 지금까지 그래왔듯이 또 다른 꿈을 찾아 나설 가능성이 크다. 그게 어떤 일이든지 그는 2층 작업실에서 의자 바퀴를 쉼 없이 굴리고 있을 것이다. 작은 의자 위에서 인상을 찌푸린 채.

글쓰기에 영감을 주는 것들이라……
뭐가 있을까요?

바람, 날씨, 계절, 음악, 기억, 추억, 상처, 영화, 책, 통장
잔액, 마감, 독촉, 누군가의 말 등등
열 손가락으로는 다 셀 수 없을 만큼 많은 것이 있을 텐
데요

그중 제일 중요한 건
절실함
또는
염원이
아닐까 싶습니다

저는요

왜 그런 말이 있잖아요?
별똥별이 떨어질 때 소원을 빌면 이루어진다는.

4

무의식에 스며드는 치유의 감각

요시모토 바나나

인터뷰어: 김민정

스물세 살 나이에 대학 졸업 작품으로 데뷔했다. 이듬해 1988년 출간된 『키친』이 세계 30여 개국에서 250만 부 넘게 팔리며 큰 인기를 얻었다. 가이엔 신인문학상, 이즈미 교카상, 야마모토 슈고로상 등 다수의 문학상을 휩쓸었다. 일본 현대문학의 대표 작가이자 한국에서도 사랑받는 작가 요시모토 바나나 이야기다.

'치유'와 '구원'으로 나아가는 섬세하고 힘 있는 이야기를 써내는 그는 1980년대 후반부터 무라카미 하루키와 함께 일본의 양대 인기 작가로 꼽혔다. '바나나 현상'이라는 유행어가 생겼을 정도다. 한국에서도 『키친』, 『허니문』, 『주주』, 『스위트 히어애프터』, 『꿈꾸는 하와이』

등 30여 종의 책이 번역돼 지금까지 100만 부를 발행했다. 책꽂이 맨 위 칸을 바나나의 책으로 채운 팬으로서, 그와의 인터뷰가 성사된 건 정말 기쁜 일이었다.

"저마다의 시절에 당신 책에서 위안을 얻었던 한국 독자들이 반가워할 것"이라는 인터뷰 요청에 그는 "요즘 마침 한국 드라마를 애청하고 있어서 매일 한국에 있는 듯한 기분이 든다. 이렇게 한국과 이어질 수 있어서 기쁘다"고 답해왔다. 보내온 답변이 그의 소설을 다시 꺼내 읽는 것처럼 친숙했다.

바나나의 본명은 마호코眞秀子다. 어떻게 발음하는지 학교 선생님도 몰랐을 정도로 특이한 이름이라고 한다. 어린 나이에 자기가 해낼 수 있는 몫이 글쓰기뿐이라 여겨 작가가 되기로 했다.

"작가가 되기로 마음먹은 건 다섯 살 때였습니다. 요즘으로 치면 발달장애가 있었기 때문에 어린 마음에 '아침에 일어나 매일 같은 곳에 가는 일도 못 하겠고 전업주부도 못 하겠구나' 이런 생각을 했었죠."

그는 "언니가 그림을 잘 그려서 왠지 모르게 '나는 글이다'라고 마음먹게 됐다"고 한다. 그러고는 자그마한 손으로 글쓰기 연습을 했다. 어릴 때부터 쓰던 이야기를 마무리하면 다음 이야기를 쓰기 시작했는데, 그 리듬은 지금도 크게 달라지지 않았다.

글쓰기에 집중할 수 있었던 데는 시인이자 유명한 문학평론가였던 아버지의 영향도 있었다. 그는 유년 시절을 떠올리며 아버지와는 늘 사이가 좋았다고 했다. 아버지는 시타마치(下町, 서민적인 분위기의 상업지역)에서 자란 소탈한 사람이었고, 자주 함께 산책하거나 캐치볼을 하곤 했다.

오랜 습작의 결과로 바나나는 20대 때부터 자신만의 확고한 스타일이 돋보이는 작품을 써냈다. 그림을 잘 그렸던 언니 하루노 요이코는 만화가가 되어 바나나의 책 표지 그림을 그려주었다.

마호코로 불리던 미성년 시절 이후, 바나나라는 필명으로 수십 년간 불렸다. 그의 필명은 신비롭고 독특한 분위기를 자아낸다. 작품 분위기와 잘 어울릴 뿐 아니라 해외 독자들에게 친숙하게 기억됐다.

"제 본명이 너무 어려운 이름이라 세계적으로 통용될 수 있으면서 단순한 이름이 좋겠다고 생각했어요. 바나나꽃을 처음 본 것은 아마 뉴칼레도니아에서였던 것 같아요. 너무 커서 깜짝 놀랐는데 아주 마음에 들었습니다. 일본에서는 좀처럼 볼 수 없는데, 오카모토 다로 기념관(도쿄에 있는 미술관) 정원에 있어서 가끔 보러 가곤 해요."

요시모토 바나나의 작품에는 공통된 분위기가 있다. 자연의 충만한 힘이나 장소나 물건에 깃든 온기, 고인이 남긴 사랑같이 '눈에 보이지 않는 것'이 가장 전면에 그려진다. 상실 등으로 멈춰 선 인물들은 논리적으로 설명되지 않는 이 힘과 작용하며 치유되고 앞으로 조금씩 나아간다. 그는 '의식적인 노력으로는 얻을 수 없는 치유'를 소설을 통해 전하고 싶었다고 했다.

"제 소설은 현실과는 다소 다른 심층 의식의 흐름을 그립니다. 예를 들어 꿈속에서 조금 전까지 없었던 사람이 갑자기 방에 나타난다든가, 느닷없이 다른 곳으로 이동

한다든가, 달리려고 해도 달릴 수 없다든가, 또 아주 복잡한 이야기인데 짧은 시간에 타인과 서로 통한다든가 하는 현실과는 다른 일들이 많이 일어나죠."

이런 이야기에 집중한 이유는 뭐였을까.

"표면적인 대화나 눈에 보이는 사건을 전부로 여기지만, 우리는 세상으로부터 훨씬 더 많은 것을 받아들여 마음속에 담아두고 있어요. 인생이 보이는 것으로만 이루어져 있지 않다는 거예요. 무의식의 세계에서는 보이지 않는 세계의 흐름, 말로 표현할 수 없는 마음속의 흐름이 더 중요해집니다. 그렇기에 이런 징후를 알아차리는 것이 아주 중요하다고 생각해요."

그는 "마음 깊은 곳에 호소하는, 꿈속에서 시간을 보내는 것 같은 소설을 읽으며 독자가 깨닫지 못했던 마음속 상처가 아주 조금이나마 치유될 수 있다는 생각이 든다"고 했다. 이것은 그가 지향하는 글쓰기이기도 하다. 자신이 쓰는 글이 '온천' 같은 역할을 하길 바란다고 했다.

"제 소설의 '공기' 속에 있을 때 독자들이 마치 온천에 들

어간 것처럼 모든 것을 잊고 마음속 응어리를 '마사지' 받는 듯한 느낌을 받길 바라며 씁니다. 읽다 보면 뭉친 부분이 의식하지 못하는 사이에 풀리고 있을지도 몰라요. 그런 글쓰기를 하고 싶어서 어릴 적부터 훈련을 해왔는데, 이제야 겨우 조금 사람들에게 전할 수 있게 된 것 같습니다."

그의 소설을 읽은 뒤엔 뚜렷한 줄거리보다도 따스하고 소중한 기운이 감도는 '장면'이 마음에 남는다. 이에 대해 바나나는 자기 소설에는 큰 사건이나 줄거리가 없어서 읽어도 금방 잊어버리기 쉽다며, 작가인 자신도 세세한 부분은 잊어버리곤 한다고 말했다. "꿈에 나오는 집이나 장소를 금방 잊어버리는 것처럼" 말이다. "하지만 마음속 어딘가 그 이미지가 새겨져 삶을 좀 더 살기 쉽게 만들어주기를 바란다"고 했다.

그는 집 거실에서 개와 고양이에게 둘러싸여 노트북으로 글을 쓴다. 매일 시간을 정해놓고 작업한다. 아침에 30분은 무조건 쓰고, 그날의 컨디션이나 일정에 따라 오후나 심야에 집필할 시간을 정한다. 책 한 권을 쓰는 데는 준비와 자료 수집을 포함해 1년 정도 걸린다. 그는 작가가 되

지 않았다면 아마 아이나 동물을 더 많이 키웠을 거라면서도, 하지만 그런 선택은 생각조차 할 수 없을 만큼 작가로서만 살아왔다고 말했다. 글을 쓴다는 것은 삶을 살아가는 것, 숨을 쉬는 것과 비슷한 느낌이라고 했다.

그런 그에게도 글쓰기가 버거웠던 적이 있다. 부모님이 같은 해에 돌아가셨을 때다. 슬픔도 슬픔이지만 장례식, 납골당, 주변 일에 대응하는 데 지쳐 중이염과 안구건조증이 생겼다. 글쓰기 흐름이 막혀 굉장히 조바심이 났다. 글쓰기에 슬럼프는 없었지만, 지금 돌이켜보면 의뢰를 받고 하는 일은 역시 좋지 않다는 생각이 든다고 했다. 자기 페이스로 글을 쓰는 것이 중요하기 때문이다.

바나나만의 작품 분위기를 사랑하는 팬이 많지만, 한 번쯤 새로운 시도를 해보고 싶진 않았을까. 그는 사람이 인생에서 성취할 수 있는 것은 그렇게 다양하지 않은 것 같다며 자신의 스타일에 깊이를 더해가면서 계속 쓰고 싶다고 말했다.

20대에 데뷔해 어느새 60대에 접어들었지만, 그동안 인터뷰를 하거나 사람들 앞에 나선 일은 많지 않다. 글을

쓰는 것은 좋아하지만 그에 따른 부수적인 일을 좋아하지 않아서다. 사람들 앞에 나가서 말하거나 심사위원 역할을 하는 건 정말 안 맞는다고 말이다.

"작가가 된다는 것은 '취업'하는 것과 마찬가지예요. 상을 수상하고 나서 몇 년쯤 지나면 심사위원이 된다거나 대학에서 가르치거나 어떤 단체의 이사가 되는 사람도 많습니다. 그런 것을 부정하는 것은 아니지만, 저는 소설 쓰는 일밖에 못 해서 다른 일을 동시에 하는 것은 무리라고 생각했어요."

그러면서 동시대에 함께 활약한 작가 무라카미 하루키에게 감사를 표하기도 했다. 8년 먼저 데뷔한 하루키도 대외 활동을 거의 하지 않는데, 하루키가 먼저 글쓰기에만 집중하며 사는 길을 열어주지 않았다면 자신도 지금까지 계속 글을 쓸 수 있었을지 모르겠다는 것이다. 대중적 인기로 종종 그와 견주어졌던 작가 하루키를 그는 어떻게 생각할까. 그는 무엇보다도 하루키의 소설을 좋아한다고 말했다.

"저는 기본적으로 단편, 중편 작가입니다. 하루키 씨는

어떤 장르든 굉장히 잘 쓰시지만, 역시 장편이 제일 묘미가 있죠. 글솜씨도 압도적으로 다릅니다. 그 묘사력은 누구도 흉내 낼 수 없죠. 표현하기는 어렵지만 작가라기보다는 뭔가 다른 장치를 만들고 있는 느낌이 듭니다. 무엇보다 그의 소설을 아주 좋아하기 때문에 일부러 의식하지 않았어요. 저는 저의 길을 갈 뿐입니다."

요시모토 바나나가 생각하는 '좋은 소설'이란 뭘까. 그는 과거에 '우리 삶에 조금이라도 구원이 되어주는 것이 가장 좋은 문학'이라고 말한 바 있다. 이번에는 "좋은 소설은 그 사람만의 언어로 쓰인 것"이라는 답이 돌아왔다. 그는 "사람은 항상 외부 영향을 받기 때문에 완전히 독창적이어야 한다는 뜻은 아니다"라고 전제한 뒤, "하지만 역시 그 사람만의 어조나 단어 선택이 있어야 다른 사람에게 전달될 수 있다"고 말했다. '자기만의 어조'라는 기준에서 바나나의 독자들은 그가 '좋은 소설'을 써왔다는 데 아마도 이견이 없을 것이다.

그는 여러 나라에 열성적인 팬들을 갖고 있다. 한국 독자들에게서는 "깊은 이해와 삶에 대한 진지함을 느낀다"고 말하며 대화를 마무리했다.

"젊은 사람들의 질문이 한결같이 날카롭고, 삶을 진지하게 고민하고 있다는 생각이 들어요. 한국 독자들에게도 저의 담담한 문체가 어떤 부분이든 전달돼 도움이 될 수 있다고 생각하면 감사한 마음이 듭니다."

애착이 가는 작품

『막다른 골목의 추억』과 한국에 번역되지 않은 『손모아장갑과 측은함ミトンとふびん』, 『하버라이트はーばーらいと』다.

『막다른 골목의 추억』은 임신 중에 썼기 때문에 특히 기억에 남는다. 아들이 태어나기 전과 태어난 후의 삶이 전혀 달라졌기 때문이다. 이 소설은 인생의 '막다른 골목'에서 앞으로 나아가는 다섯 여성의 이야기로, '아이가 생기면 두려워서 못 쓰게 될 수도 있다'고 생각했던 무거운 주제를 다뤘다. 아이가 태어난 이후에도 무거운 주제를 다루고 있지만, 그때는 정말 마지막일지도 모른다고 생각했다.

『손모아장갑과 측은함』은 출판에 문제가 생겨 아주 힘들게 책이 나왔다. 소설과 함께 (어려움을) 이겨낸 느낌이다. 결과적으로 다니자키 준이치로상을 받았다. 코로나 사태로 해외에 갈 수 없었을 때 그동안 몇 차례 가본 나라들을 그려보았다. 『하버라이트』는 '배려'란 무엇인가를 생각하면서 썼다. 요즘 같은 시대에는 사람이 다른 사람을 배려한다는 것이 기적처럼 느껴지기도 한다. 언니가 표지 그림을 그려준 것도 기뻤다.

친구와 가족과 맛집을 찾아다니는 즐거움

내 소설에는 하와이와 발리 등 여행지가 종종 배경으로 등장한다. 그래서 여행을 좋아하느냐는 질문을 받곤 한다. 사실 여행은 짐 싸는 것이 귀찮아 좋아하지 않는다. 대신 맛집이나 이자카야(일본식 주점)를 좋아해 친구, 동료, 가족과 함께 찾아다닌다. 여행지에서도 뭔가 먹으러 가는 것을 정말 좋아한다. 그런 의미에서 규슈 지역에 가면 맛있는 음식을 싼값에 먹을 수 있어 늘 행복하다.

5

인터뷰어: 김민정

정직하고 자유롭게
자기 자신으로 살아가는 태도

임경선

12년간 회사원 생활을 하던 이 여성은 2005년 갑상선 암이 재발하면서 눈물을 머금고 직장을 그만뒀다. 저술을 본업으로 삼게 된 것은 순전히 몸이 아파서였다. 스무 살에 처음 암을 진단받고, 이후 다섯 차례나 재발했지만 투병 중에도 펜을 놓지 않았다. 어느덧 전업작가 19년 차. 그간 20여 권의 책을 냈다. 에세이 『태도에 관하여』, 『자유로울 것』, 『나 자신으로 살아가기』, 소설집 『다 하지 못한 말』, 『호텔 이야기』 등으로 20~40대 여성 독자들의 지지를 얻고 있는 임경선 이야기다.

1년에 한 권 이상 성실하게 써내려간 책은 이른바 '망한 작품' 없이 수만 부씩 팔렸다. 8년 전부터 연 1억 원대 수익이 통장에 찍히는데 대부분 인세다.

"꾸준히 썼어요. 앞만 보고 달렸죠. 책 한 권 내는 것과 책을 계속 내면서 먹고사는 건 완전히 다른 문제거든요. 다행스럽게도 대기업에 계속 다녔다면 받았을 정도의 돈도 벌고 있어요. 작가로서의 충족과 기쁨은 이것과 별개고요."

임경선은 외교관 아버지를 따라 일본·미국·포르투갈·브라질 등 여러 나라에서 학창 시절을 보냈다. 정치학을 전공한 뒤 일본 도쿄대 대학원에 진학했지만, 암이 재발해 학업을 중단할 수밖에 없었다. 한국에 돌아와 광고 대행사와 음반 회사 등에서 일했다. 배우 피어스 브로스넌과 소피 마르소가 나오는 1999년작 액션영화 〈007 언리미티드〉(원제 The World Is Not Enough)의 한국 제목이 광고 대행사 직원 시절 그에게서 나왔다.

"그러다 도저히 회사 생활을 할 수 없을 정도로 체력이 떨어져 부업으로 하던 저술을 본업으로 삼게 됐죠. 처음에는 다시 회사로 돌아갈 수도 있다고 생각하며 썼어요. 5년쯤 지난 뒤에는 뒤돌아보지 않고 계속 책을 써야겠다고 마음먹었던 것 같아요."

처음 이름을 알린 건 작가로서가 아니라 칼럼니스트로서다. 일간지에 독자들의 사연을 받아 상담하는 고정 칼럼을 연재해 인기를 얻었고, 라디오 방송 게스트로도 6년간 활동했다. 그 콘텐츠를 책으로 가져갔다. 그의 책 중 상당수가 '인생의 방향'을 제시해주는 건 그 때문이다.

지금은 '롱런 작가'라는 수식어가 붙는 그에게도, 생계를 위해 잡지 칼럼 연재 등 '부업'을 닥치는 대로 하던 때가 있었다. 작가로서 '아웃사이더'라는 설움을 오래 겪었다고 그는 말했다.

"'정통' 작가가 아니라는 편견이 있었어요. 칼럼니스트나 라디오 출연자 이미지를 벗으려 부단히 애썼죠."

책이 잘 팔리는 것과는 별개로 업계에서 '작가'로 불리기 시작한 건 책을 열 권쯤 내고 나서부터다. 2011년, 에세이로 성공을 거둔 이후 처음 시도했던 소설 『어떤 날 그녀들이』가 베스트셀러가 됐을 땐 '대필 소문'이 돌아 속앓이했다. 그는 소문을 듣고 나서는 정말 화가 났다고 토로했다. 하지만 요즘은 모든 경험이 자신에게 도움이 됐다고 생각한다. "그래도 독자만큼은 편견 없이 글로만 평가하더라"며 "그 힘으로 여기까지 왔다"고 했다.

'작가 임경선'의 이름을 알린 분기점은 2015년 출간돼 18만 부 가까이 팔린 에세이 『태도에 관하여』다. 출간 이래 거의 매달 증쇄를 거듭했다. "노력이라는 행위에는 필연적으로 고통이 따르지만, 그 고통을 통해 배우라"는 엄격하면서도 단정한 '태도'에 삶의 방향을 잡지 못해 갈팡질팡하던 젊은 독자들이 열광했다. 그는 쓰고 싶은 글만으로 밥 먹고 살게 해준 고마운 작품이라고 표현했다.

"코로나 터지기 직전, 딸과 영국으로 가는 비행기를 탔는데 대각선 앞자리 승객이 그 책을 꺼내 들더라고요. 그때야 제 책을 많은 분이 보는구나 실감했죠. 감사 인사를 하고 싶었는데 결국 못 했어요. 뒤에서 제가 지켜보고 있다는 생각에 그분이 책을 덮지 못할까 봐요." (웃음)

『태도에 관하여』가 고마운 작품이라면 가장 아끼는 작품은 2019년 발표한 『다정한 구원』이다. 아버지가 작고한 뒤, 열 살이던 딸을 데리고 자신이 유년 시절을 보낸 리스본을 찾아가 아버지의 흔적을 되짚는 이야기. 임경선은 "사람들은 제일 많이 팔린 책으로 작가를 기억하기 때문에 작가 스스로 대표작을 고를 수 없는 슬픔도 있다"며 돌아가신 아버지에 대한 절절하고 애틋한 마음을 담은 『다정한 구원』을 가장 아끼는 작품으로 꼽았다.

임경선만의 시원시원한 문체와 자유분방한 사고방식은 부모 덕분이기도 하다. "자녀를 구속하지 않는 부모님 밑에서 자유로운 사람으로 컸다"며 "좋게 말하면 정직하게 자기 자신으로 살아가는 모습에서 독자들이 대리만족을 느끼는 것 같다"고 말한다.

여러 나라에서 유년 시절을 보낸 경험도 글쓰기에 영향을 미쳤다. 이 나라에서 저 나라로 전학을 자주 다녀 친구가 없던 그에게 편히 갈 수 있는 곳은 도서관뿐이었다. 책을 빌려 매일 밤 읽느라 눈은 나빠졌지만, 그래서 글 쓰는 사람이 된 것 같다고 말한다. 지금도 도서관에 '마음의 빚' 같은 게 있어 도서관 강연 섭외가 오면 되도록 가려고 한다.

외국 사회에서 동양인으로 살았던 경험 덕에 '마이너리티'가 되는 두려움에도 단련됐다. 그는 등단하지 않은 사람이 소설을 출간하는 길이 거의 봉쇄된 상황에서 이례적으로 문단에 등단하지 않고 소설을 냈다. 스스로 '아웃사이더'였다고 표현했다. 첫 소설이 잘 팔린 덕분에 소설을 계속 쓸 수 있었다.

"바깥의 시선이나 말을 신경 쓰지 않고, 내가 쓸 수 있는 소설을 계속 썼어요. 외부에서 어떤 평가를 하든지 내가 자신에 대해 내리는 평가가 가장 중요하니까요."

그의 작가 생활은 늘 몸의 고통과 함께였다. "뭐 좀 하려고 하면 (수술로) 또 헤집는" 상황이 반복됐다. 재발할 때마다 회복까지 최소 반년이 걸렸다. 좌절이 반복되다 보니 어느 순간 담담해지더라며, 이제는 어떤 일이 일어나도 잘 놀라지 않는다고 말한다. 병실에서 책 교정을 보는 일도 대수롭지 않아졌다.

"고통이 찾아오면 수용하고 그 상황에서 내가 할 수 있는 일을 해요. 그게 몸에 익었어요. 누구를 원망할 필요도 없고 자책하지도 않아요. 그저 차분히 관조하며 건조하게 그 상황에서 내가 할 수 있는 일을 해요. 그러다 보면 또다시 원래 위치로 돌아가요. 그렇게 기다려요."

암과 싸우는 중에도 매년 한 권씩 썼다. 글쓰기에 집중할 수 있었던 건 '생활인으로서 오랜 기간 훈련된 자기 규

율' 덕분이다. 고등학생 딸을 둔 24년 차 주부이기도 한 그는 딸 등교 후부터 시작해 하교 즈음인 4시까지 '직장생활'하듯 매일 글을 쓴다. 시간이 귀하다 보니 책상 앞에서 '예열'할 시간도 없이 그냥 쓴다. 주어진 자유로운 몇 시간에 최대의 집중력을 발휘해서 작업하는데, 어떻게든 작가 커리어를 유지하기 위해서 그야말로 안간힘을 써온 셈이다.

고등학생 시절부터 아르바이트하며 스스로 돈을 벌었다는 임경선은 힘들어도 버티며 글을 써온 건 사회적인 일을 하는 게 중요하다고 여기기 때문이라고 했다. 닫힌 공간에서의 가사 노동은 한계가 있어서 가급적 사회적인 일을 해야 균형이 잡힌다고 생각한다. 앞으로 작가로서 해내고 싶은 것도 역시 꾸준히 써나가는 것이다.

"남과 비교하지 않고 제가 쓰고 싶은 걸 꾸준히 쓰는 것, 그리고 그것을 제가 생각한 방식으로 이해해주는 독자들을 조금씩 넓혀가는 것, 그걸로 충분해요. 굳이 더 욕심부리자면 젊은 독자들이 꾸준히 유입되면 좋겠다는 바람이 있고요."

특히 소설이든 에세이든 행간의 의미까지 잡아내는 독자들의 후기를 볼 때 자기 생각이 제대로 전달되었다고 느껴 행복하다고 했다.

임경선은 오랜 시간 작가로서 달려오며 초심을 유지하는 비결로 자신만의 '냉수마찰'을 이야기한다. 그는 팬들이 찾아오는 북토크나 강연 말고도 기업체나 군부대 강연처럼 그다지 환영받지 못할 듯싶은 곳에도 일부러 다닌다. "나도 모르게 어깨에 들어갔던 힘도 빼고 '내가 별것 아니다'라는 것을 느끼는 '냉수마찰' 같은 것"이라고 말했다.

"낯설고 호의적이지 않은 분위기에서 제 이야기를 하는 건 굉장한 훈련이자 스스로 찬물을 끼얹는 행위인데, 가끔 이게 필요해요. 작가라는 업은 자기가 쌓아온 세계를 스스로 대단하다고 생각하고 사랑할 수 있어야 할 수 있어요. 동시에 '나는 아무것도 아니다'라며 서늘하게 자신을 볼 수 있는 또 다른 '3인칭 자아'가 수호신처럼 붙어 있어야 하거든요. 그 수호신이 새로운 걸 도전하게 만들고 저를 자유롭게 해줘요."

지금까지 스무 권 넘는 책을 냈지만, 임경선은 책을 쓸 때마다 백지상태에서 다시 시작하는 느낌이라고 했다. 매번 신인의 마음이라고.

"다른 작가들은 어떤지 모르겠는데, 저는 더 이상 쓸 것도 없고 아무것도 모르는 듯한 무중력상태가 돼요. 해맑은 아기 같은 상태에서 다시 시작하죠. 그걸 계속 반복하면서 나아가는 거예요."

계속 글을 쓰게 하는 또 다른 힘의 원천은 일본 작가 무라카미 하루키다. 그가 고등학생 때부터 좋아했고, 작가가 된 이후로도 가장 많은 영향을 받았다. 그는 하루키 때문에 작가가 되려 한 건 아니지만, 하루키 때문에 작가로 남게 된 건 맞다고 했다. 요즘도 글을 쓰다가 살짝 막히는 느낌이 들면 하루키 작품을 소화하듯 끊임없이 읽는다.

"하루키가 지금 70대인데 아직 쓰잖아요. 가장 좋아하는 작가가 계속 쓰고 있으니까, 멀리서도 제게 계속 자극을 주는 셈이죠."

그는 작가는 '쓰는 사람'이기 전에 '읽는 사람'이기도 하다면서 '정말 재밌다', '나도 이런 글을 쓰고 싶어'라는 생각이 들게 하는 재미있는 책이 있어야 계속 쓸 수 있다고 했다.

"처음에는 업계도 의식하고 독자도 의식했지만, 이제는 '내가 쓰고 싶은 것이 남아 있는가', '어떻게 하면 더 잘 쓸 수 있나' 그것만 바라보게 됐어요. 그 외의 것은 소음이에요."

그는 작가에게 중요한 문제는 '계속 써나갈 수 있느냐'라며 "앞으로도 흔들리는 인간의 슬프고 아름다운 이야기를 밀도 있게 써나가고 싶다"고 했다. 그리고 이 말도 덧붙였다.

"저한테 가장 중요한 가치는 '자유'예요. 글을 쓰는 저에게서 어떤 쓰임이나 역할을 굳이 찾는다면 조금이나마 사람들의 숨통을 트이게 하는 글을 쓰고 싶어요. 자유의 외연을 넓히는 역할을 할 수 있다면 좋겠어요. '이렇게 해라', '이렇게 하지 말아라' 서로 검열하는 일이 많잖아요. 좀 더 자유로워도 괜찮은 것 같아요."

임경선이 말하는 '나의 원동력'

나는 성공한 하루키 마니아

무라카미 하루키가 꾸준히 글을 쓰고 있으니 나도 멈추지 않고 계속 쓰고 싶다. 그의 작품 가운데 『신의 아이들은 모두 춤춘다』를 가장 좋아한다. 작년 와세다대학교에 있는 '무라카미 하루키 라이브러리'에서 '한국에서의 무라카미 하루키'를 주제로 초청 강연을 했다. 성공한 팬인 셈이다.

내 글쓰기의 자양분은 좋은 책 읽기

좋은 책을 잘 골라 '영양제' 먹듯이 읽어줘야 한다. '그래, 나 이런 글 쓰고 싶었어'라는 생각이 나를 계속해서 작가로 살게 해준다. 인상적인 작품을 반복해서 읽는 편. 사나흘에 한 번 음악을 들으며 경복궁, 덕수궁, 청계천을 달리는 일도 내 안의 영감을 깨워준다.

내 인생의 멘토, 박용만 회장

마지막 직장이었던 두산에서 상사로 만난 박용만 전 회장님. 암이 재발했을 때 '무조건 회사를 그만두고 몸부터 챙기라'고 조언해주신 분이다. 그래서 지금 내가 작가가 됐다. 요즘도 연락할 때마다 지혜를 나눠주신다.